La filière d'Arradon

Nous remercions tout particulièrement les Editions YCA à Quimper pour leur participation (photo de couverture) et vous recommandons leurs magnifiques cartes postales.

Aux Éditions Alain Bargain

Dans la collection
ENQUÊTES ET SUSPENSE :

Chaix d'Est-Ange
- La filière d'Arradon
- La petite dame de Locminé
- Ratissage dans le golfe
- L'Écluse de Malestroit
- Copie conforme à Larmor-Baden

Françoise Le Mer
- Colin-maillard à Ouessant
- La Lame du Tarot
- Le faucheur du Menez-Hom
- L'oiseau noir de Plogonnec
- Blues Bigouden *à l'Île-Chevalier*
- Les santons de Granite rose

Michèle Corfdir
- Le Crabe
- Mortel Hiver sur le Trieux
- Chasse à corps à Bréhat
- Larmes de fond ou le retour du crabe
- Vent contraire à Loguivy-de-la-Mer

Gisèle Guillo
- Dernier rendez-vous à Vannes
- Du Léman au Morbihan
- Tempête à Quiberon
- La Belle de Carnac

Cédric Labb
- Les Démons du Midi
- Les Muses de Savoie

Christophe Chaplais
- Pâté de Corbeau aux amandes amères
- Le calisson jusqu'à la lie
- Farz aux herbes de Portsall

Patrick Bent
- Erquy profite le crime

Annie Le Coz
- Les Maudits de Kérogan

Jacques Caouder
- L'Occise des Landes
- L'Évadée de Brennilis
- Le Mort de Brest-Les Abers
- La Troménie noire

Firmin Le Bourhis
- La neige venait de l'Ouest
- Les Disparues de Quimperlé
- La Belle Scaëroise
- Étape à Plouay
- Lanterne rouge à Châteauneuf-du-Faou

Stéphane Jaffrézic
- Chili-Concarneau

Serge Le Gall
- La secte de l'Aven
- Sables mouvants à Bénodet
- La Douarneniste et le Commissaire

Jean-Pierre Le Marc
- Matin rouge au Guilvinec
- Soirées noires à Penmarc'h
- Double vie à Loctudy

Philippe-Michel Dillies
- Meurtres à Monnaie

Jean-Jacques Gourvenec
- Chasse au congre à Lannilis

Bruno Ségalotti
- Filouteries en Côtes-d'Armor
- La Phalange de l'Argoat
- Breizh Connection

Luc Calvez
- Le fils du Tigre
- Les Graffeurs du Ponant

Aux Éditions Alain Bargain

Dans la collection
ENQUÊTES ET SUSPENSE :

Marie-Françoise Marchal
- Frissons en Morbihan

Philippe Lepeuple
- Samba ni loi en pays nantais
- Poulets de Brest *La mauvaise farce*

Jérôme Lucereau
- Anévrisme
- Chef-d'œuvre meurtrier à Lorient
- L'affaire Callac

Michel Renouard
- La Java des voyous
- Les castrats de Bombay
- Requiem sur le campus
- Le bouillon de minuit
- La farine du Diable
- La Vénus de Malifeu

Jean-Luc Le Pache
- Bréhat-culpa *(épuisé)*

René Le Clech
- Baston chez les voileux

Yves Horeau
- Une retraite pas très spirituelle

Jean-Christophe Pinpin
- Qui voit Groix voit sa croix
- Qui voit Sein voit sa fin
- Qui voit Ouessant voit son sang
- Qui voit Belle-Ile voit son île
- Qui voit Molène voit sa peine
- Toulouse au bout du siècle
- Traque à Hoëdic *(épuisé)*

Dans la collection ***POL'ART :***

Serge Le Gall
- Sombre dessein à Pont-Aven
- Meurtres du côté de chez Proust

Loïc Gourvennec
- Le râle du basson

Yves Horeau
- Monsieur Butterfly

Renée Bonneau
- Nature morte à Giverny
- Séquence fatale à Dinard *(épuisé)*
- Sanguine sur la Butte

Stéphane Jaffrézic
- Toiles de fond à Concarneau

CHAIX D'EST-ANGE

La filière d'Arradon

Collection

ENQUÊTES & SUSPENSE

Quadri Signe - Editions Alain Bargain
125, Vieille Route de Rosporden - 29000 Quimper

…à Norbert et Andrée.

I

Sans elle, l'histoire que je vais vous conter, on n'en aurait peut-être jamais vu le bout. Sûr que c'est une tête. Mais une compliquée. Il en est bien débarrassé, notre divisionnaire.

Débarrassé... Il n'y a jamais eu aucun... embarras. Elle, c'est le genre distant. Princesse de Clèves de mes deux !

Quand je l'accompagnai à Lann-Bihoué, il me dit, au moment de quitter Vannes :

— Alban, je te confie la maison.

Il avait l'air mélancolique.

On s'entend bien avec lui, malgré ses manies. Un méticuleux. On aurait aimé, avec Tournebise, Le Fichant et les autres, être crasseux, rigolards, je ne sais pas moi, porter une queue de cheval, des boucles d'oreilles. D'un côté, au moins. Un peu comme dans Navarro. Sauf que Navarro, c'est pour amuser la galerie...

Boulevard Nominoé, nous sommes proprets, élégants même. La risée de nos collègues du Morbihan. Même Le Fichant, qui a du mal à s'habiller, avec ses deux mètres, se débrouille. Une fois, Tournebise s'est pointé à une réunion avec des bottes façon

David Lansky. Le lendemain, on avait droit à une note de service. Des fois que Le Fichant en trouve à sa taille…

Quand je dis qu'il est bien débarrassé, je sais ce que je dis. J'ai connu une toupie de cet acabit. Une prof de Français-Latin-Grec à Hélène-Boucher à Paris. Mais au moins, elle était de ma taille.

Marie Lafitte mesure à peine un mètre cinquante, toute habillée. Je ne vous demande pas ce que ça doit faire à poil…

Mon avis, c'est qu'elle lui a tapé dans l'œil, au commissaire. En tout cas, il n'est plus le même depuis l'affaire où elle était apparue comme témoin, il y a dix-huit mois. Elle nous l'a abîmé.

Une femme mariée, fidèle.

De toutes façons, notre divisionnaire ne rigole pas avec les principes. Moquez-vous, mais l'éthique professionnelle, ça a un sens, chez lui.

Pourtant, il sait s'amuser, quand il veut. On lui a connu de ces nanas… Mais jamais pour longtemps. Enfin, connu… Supposé. C'est un discret.

Au fond, il n'y en a que pour sa fille. Quand on y pense, c'est comme dans Navarro… Sauf que la fille de notre commissaire Cazaubon est mariée, maintenant, et qu'elle n'en a peut-être plus rien à faire, de son vieux. Ça s'est vu.

Bref, il s'en va au Japon. Un stage de deux mois, aux stups de Tokyo. Une fois déjà, il s'était tiré à New-York, au Bureau des Narcotiques. Il nous a dit, avant de partir : « Les Stups nous gonflent, vous êtes bien d'accord ? Quand je reviendrai, ils l'auront dans le cul ». Il ne parle pas comme ça, le commissaire, c'est pas son genre, mais c'est ce qu'on a compris.

Il a raison. Comme pour l'informatique. Nous sommes maintenant le commissariat le mieux équipé. Modem, réseau et le toutim… C'est quand même plus facile quand on cherche dans les fichiers, même les plus vérolés. Moi qui vous parle, avec un ordinateur, je suis capable de trouver les cinq mecs qui ont pu avoir l'intention de commettre le hold-up de la rue Passe-la-monnaie-ou-je-te-flingue. Après, c'est pas dur, je trouve les deux qui ont eu la possibilité. Il n'y a plus qu'à en éliminer un.

La machine fait elle-même les déductions. Ou les inductions… Ou les abductions… Qu'est-ce que vous dites de ça ? Vous avez entendu parler d'intelligence artificielle ? Tous ceux qui ont fait la demande ont pu avoir un ordinateur portable. Un peu défraîchies, les bécanes, mais du solide. On les trimballe partout. Je sais bien que l'espace Schengen, c'est de la frime. Avec leur base de données de merde… Mais ça s'arrangera peut-être.

En rentrant de Lann-Bihoué, je m'installai dans le bureau du divisionnaire. Les autres avaient l'air goguenard. Il faudra bien qu'ils s'y fassent. Qui est-ce qui allait avoir les emmerdements, je vous le demande ?

J'avais à peine posé mon cul sur le fauteuil norvégien du commissaire qu'il se mit à en pleuvoir, comme si les vaches volaient.

D'abord le Dr Armagnac, le médecin légiste. Un ami d'enfance du commissaire. Le genre truculent, celui-là. Il avait l'air agité. A ne pas croire.

— Alban ! Il est déjà parti ?

— Son avion vient de décoller. Qu'est-ce qui se passe ?

— Tu le savais, toi, que Jean-Edmond Lafitte a eu un accident de voiture ?

— Mais non. Vous voulez dire qu'il est… ?

— Oui. Mort sur le coup. Il y a un an. C'est un collègue biologiste de la Fac de Rennes qui vient de me l'apprendre.

— Vous voulez prévenir le commissaire ?

Il hésita longuement, puis dit :

— Il sera toujours temps… Ou bien tu crois qu'il était au courant depuis longtemps ?

— Mais je ne sais pas, moi ! C'est vous qui êtes son pote. Et puis, elle, ce n'est pas du…

— Qu'est-ce que tu veux dire ?

— Parlez-en à sa fille.

— Tu as raison. Je vais téléphoner à Rosine.

Le Fichant arriva ensuite, complètement déballé. L'affaire de l'atelier clandestin suivait, en principe, son cours. L'employeur, un Roumain, gardien d'un immeuble bourgeois de la rue Aristide-Briand, avait été arrêté. Il avait entassé quatre familles dans la chaufferie. Les machines à coudre travaillaient jour et nuit. Il y avait eu des plaintes dans l'immeuble à cause du bruit. L'ennui, c'était que le Roumain avait l'air bien protégé. On avait été obligé de le relâcher.

Qui avait payé l'avocat et la caution ? Et qu'allait-on faire des familles ? Huit mômes, au total…

Un passant avait trouvé un cadavre de jeune fille, près du Jardin de la Préfecture. Tournebise chipotait au téléphone avec nos collègues de la gendarmerie, pour déterminer qui allait prendre l'affaire en mains. Le cadavre avait, apparemment, un pied dans notre secteur, et Tournebise ne voulait pas lâcher le morceau, le bougre.

Je me disais que j'avais déjà bien gagné mon grand bureau, mon Pentium, ma bibliothèque perso, et mon bigophone à pédales, quand la directrice de l'école de la rue de la Cohue téléphona. Un père de famille, un divorcé, s'était barricadé avec son fils dans la classe des petits, et menaçait tout le monde avec un flingue…

A la fin de la journée, j'en avais ma claque, d'être divisionnaire intérimaire.

Vers 22 heures, je rentrai chez moi. Bogart me fit la tête. Merde, je n'avais plus que la boîte de Cat-Cat achetée par erreur… J'allais avoir droit à une comédie. Je redescendis. Quelquefois, Ibrahim est ouvert jusqu'à minuit… Mais s'il n'avait pas de boulettes américaines, j'étais cuit.

Ibrahim en avait. Il me dit avec un sourire en coin :

— C'est madame Sarah qui m'a dit, pour les boulettes. Dans le quartier, on préfère la viande hachée. Ou alors les croquettes Fish.

Je lui trouvai l'air snob. Un comble.

Sarah, au téléphone, dit que c'était trop tard. Philippe allait rentrer d'une minute à l'autre...

Les voisins du dessous avaient mis un disque de Gainsbourg.

« Je suis venu te dire que je m'en vais... »

Ça m'a foutu le bourdon.

Il avait peut-être raison, le commissaire, pour les femmes mariées. *Noli me tangere.*

Mais Sarah, ce n'était pas la même chose...

Je finis par m'endormir, Bogart contre mon ventre.

Le lendemain soir, quand je quittai le commissariat presque désert, la tête farcie, je trouvai Marie Lafitte assise sur un banc près de la cage. Le nouveau, à l'entrée, l'avait empêchée de monter.

— Vous avez demandé qu'on ne vous dérange pas, me dit-il. Elle a voulu attendre.

— Madame Lafitte ! On va aller dans mon bureau. Pourquoi venez-vous si tard ? Vous auriez pu prendre rendez-vous, dis-je d'un air sévère.

Il ne s'agissait pas de se laisser attendrir.

Elle expliqua qu'elle avait eu des réunions toute la journée, à son Institut de l'Agence Nationale de la Recherche, boulevard de la Paix. La veille, on lui avait dit au téléphone que le commissaire Cazaubon était parti pour deux mois. Elle avait mis du temps à se décider... Et puis, comme son bureau était tout près, elle avait fini par...

Elle s'excusa. Elle n'avait pas changé, depuis dix-huit mois. A trente et un ans, elle avait toujours ce look pas possible, ces cheveux blond-cendré interminables, frisés, annelés, ondulés, tout ce que vous voudrez. De longs cils noirs et épais, comme s'ils étaient en... plastique. Un teint... transparent. Comme du lait... écrémé.

Le bout des cils recourbé, ça, c'était bidon. Il y a des appareils exprès. C'est bien pour la journée. Mais le soir après la douche... La cata... A décourager un bouc. Je le sais. Parce qu'avant Sarah, je sortais avec une coiffeuse. Arlette. Elle s'y connaissait un brin. Une casquette de cycliste, qu'elle mettait pour se doucher.

« Madame Lafitte est probablement d'origine irlandaise », nous avait dit le commissaire d'un ton sec, après l'avoir interrogée, la première fois. On aurait dit qu'il voulait prévenir les commentaires pernicieux...

Je regardai ses mains minuscules. Ses ongles courts, ovales, bombés, étaient légèrement rosés. Pas de vernis. Là aussi, je m'y connais. Eh bien, ils avaient l'air peints !

Elle portait toujours son alliance.

— J'ai appris seulement hier, pour votre mari, dis-je. Je vous fais toutes mes condoléances. Mes collègues...

— Merci, Lieutenant.

Elle s'assit en face de moi. C'est alors que je remarquai ses yeux. J'avais toujours pensé qu'elle avait des loupiotes à la Bogart. En plus grands et en moins arrondis. La même expression. Bogart, on ne sait jamais s'il est sérieux, en train de méditer un coup fumant, ou s'il veut jouer. Mais là... Marie Lafitte avait les yeux de quelqu'un qui a vu l'enfer. Elle tenait sûrement une déprime carabinée.

— Vous vouliez me voir ?

— Lieutenant, vous allez trouver que je vous dérange pour rien, sûrement.

— Dites toujours.

Elle expliqua qu'elle s'était installée au début de la semaine dans la maison de ses amis Vogelweith, à Saint-Goustan, à Auray. Elle avait un congé de trois semaines, à partir de ce soir, et ils l'avaient invitée chez eux, pour qu'elle ne soit pas seule. Malheureusement, ils avaient été brusquement rappelés l'avant-veille à Luxembourg, la mère de Jochen Vogelweith étant très malade. Elle avait accepté de rester à Auray, pour garder le chien et la maison.

— Ils sont médecins, Lieutenant. Ils ont installé leurs deux cabinets de consultation au rez-de-chaussée. Il y a forcément des médicaments à voler. Et la maison, qui date du début du siècle, est pleine d'objets anciens.

— Vous voulez que je demande des rondes, pour vous rassurer ?

— Oh ! Non, merci, Lieutenant. Voyez-vous, je vais souvent avec le chien sur la promenade du Loch, à Saint-Goustan... Hier matin... Je voudrais vous demander votre avis sur ce qui m'est arrivé...

Elle raconta sa salade en hésitant. Elle était arrivée au petit pont à l'entrée du port. Il était à peu près 6 heures 30 du matin. Je haussai le sourcil.

Comme pour s'excuser, elle dit :

— Jochen et Lisa ne veulent pas que je sorte plus tôt. Happy s'y habituerait…

Il y avait de la brume. Le clochard qu'elle avait déjà rencontré la veille était assis sur le parapet en pierre. Elle avait eu l'impression qu'il l'attendait. C'était bien le même homme mal vêtu, au teint gris, à l'air triste… Elle avait hésité, prête à rebrousser chemin. L'homme s'était levé, avait regardé autour de lui d'un air furtif, puis lui avait tendu le sac couleur bordeaux qu'il avait à la main.

— Prenez-le. Le docteur saura quoi faire, avait-il dit.

Il avait ensuite marmonné quelque chose qu'elle n'avait pas bien compris. Comme elle reculait, en un clin d'œil, il avait pris sa main, l'avait refermée sur l'anse du sac, avait disparu dans la brume, en direction du quai.

Elle était restée sur place un moment, indécise et mal à l'aise. Le chien sautait autour du sac avec enthousiasme. Le sac était assez lourd. Finalement, elle l'avait rapporté à la maison. Elle avait d'abord pensé qu'il attendrait bien le retour de ses amis.

— Et après ? dis-je d'un ton rude.

— Eh bien… Je l'ai posé par terre en arrivant. Happy n'a pas cessé de tourner autour.

— Vous avez regardé à l'intérieur ?

— Non. Je me suis demandé si ce n'était pas… Vous savez, Happy aime la viande…

— Et alors ?

— Lieutenant, je n'ai pas eu le courage d'ouvrir ce sac, dit-elle d'un ton piteux. Je me suis imaginé... Finalement, je l'ai mis dans le grand réfrigérateur du sous-sol, en attendant Jochen et Lisa. Je n'ai pas osé le mettre au congélateur parce qu'il aurait fallu que je sorte tout du sac. Les tiroirs sont...

Elle venait me déranger pour un sac ! Avec de la barbaque dedans !

Je lui tendis le téléphone :

— Appelez vos amis, Madame Lafitte. Ainsi vous serez rassurée. Ils sont sûrement au courant.

— Lieutenant, je ne veux pas les appeler. Leur mère est peut-être mourante.

Se levant brusquement, elle murmura d'une voix presque inaudible :

— Excusez-moi de vous avoir retardé. Mais quelquefois, quand on est seul, on se fait des idées bizarres... Vous ne trouvez pas ?

Comment savait-elle que j'étais parfois seul à en crever, imaginant Sarah et Philippe... Je vous passe les détails.

Qu'auriez-vous fait à ma place ? J'ai téléphoné à Sarah pour retarder notre dîner.

Dans la voiture, j'étais encore furieux contre Marie Lafitte. Elle ne disait rien. Quand on arriva à Auray, elle m'indiqua le chemin de la maison.

C'était une grande maison, très haute, avec une tour carrée et élancée à un angle. Sur le côté, adossé à la tour, un perron monumental montait vers la porte d'entrée, surmontée d'une verrière multicolore.

Tout cela dominait Saint-Goustan, où l'on devait pouvoir descendre par les rampes du Loch ! Purée de moine ! Et il y avait un grand jardin muraillé… Ça me botte, moi, les jardins… Sarah aussi.

— Oh, Lieutenant ! Comme vous êtes gentil d'être venu ! dit brusquement Marie Lafitte. Asseyez-vous, je vous en prie. Je vais chercher le sac.

Pendant qu'elle descendait à la cave, Happy me flairait avec minutie. Un boxer, vous savez, ces chiens qui ont une gueule d'homme triste qui aurait mis son nez dans le charbon. Je n'aime pas les boxers.

Quand elle remonta, nous étions en train de tirer, chacun d'un côté, sur une vieille peta que le clébard avait apportée.

Elle dit sans sourire :

— Excusez-le, il n'a que dix mois.

— Madame Lafitte, qu'avez-vous fait de votre chien ?

Pasadena Murdoch ! Ça, c'était un mignon. L'air malin, farceur… Des yeux de chouette, une queue en panache. Un jour, comme un con, j'avais demandé à Marie Lafitte de quelle race il était. Elle avait répondu que c'était un border collie. Elle avait ajouté gravement que par la taille, le nez, et la couleur, Murdoch tenait aussi du papillon, par les oreilles, de l'épagneul. Les yeux, en particulier, n'étaient pas réglementaires.

Le commissaire, qui avait entendu, s'était poilé comme un bossu. Quand elle prenait cet air sérieux, il se marrait toujours. Même moi, je le lui aurais bien piqué, son Murdoch…

— Lieutenant, dit-elle, il est mort dans l'accident. Avec Jean-Edmond. Je n'ai pas eu le droit de les mettre ensemble, au cimetière.

Elle me flanqua le blues.

C'est moi qui ouvris le sac. Sous un foulard de femme et quelques vieux canards tout froissés, c'était plein de sachets de poudre blanche…

Je vous avais dit que c'était une emmerdeuse.

Elle vit les sachets, se leva, ouvrit la bouche, tomba raide sur le tapis… Happy se précipita pour lui lécher la figure. Elle ne bougeait pas.

Je finis par dégoter de l'eau. Je lui en jetai une potée au visage.

Quand elle se réveilla, elle dit, comme dans les films les plus culs :

— Qu'est-ce qui est arrivé, Lieutenant ?

— Vous vous êtes trouvée mal, Madame Lafitte. Ça va maintenant ?

— Oui, je crois.

J'allai chercher le whisky du docteur. Dans le coffret à liqueurs. Je l'avais repéré tout de suite en entrant. Celui-là, c'était pas du bidon. En bois clair incrusté de motifs fleuris. Plein de flacons et de verres en cristal taillé, chacun dans son compartiment capitonné.

Je lui administrai une bonne dose de whisky. Avec des glaçons et du Perrier. S'agissait pas que je la saoule.

Après, elle avait presque les joues roses.

On aurait dit qu'elle ne savait pas comment me remercier. Elle se leva, alla dans la cuisine, revint avec une grande coupe à pied. Mazette ! De la porcelaine autrichienne ! C'était des allumettes au fromage.

— Lieutenant ! Goûtez ! Je les ai faites hier, dit-elle d'un air positivement engageant.

J'avais la dent. C'était fondant. Meilleur que les amuse-gueules d'Ibrahim, je vous jure.

Elle dit tout d'un coup :

— A votre avis, pourquoi ce sac intéresse-t-il tant Happy ?

Je tendis au chien un des sachets. Il le flaira avec une indifférence totale.

— Vous êtes sûr qu'il n'y a rien d'autre au fond du sac, Lieutenant ?

— Vous pensez à quoi ? A une tête coupée ? dis-je en rigolant carrément.

Elle rougit jusqu'à la racine des cheveux. Mais elle ne dit rien.

J'emportai la came. Elle promit de venir boulevard Nominoé pour signer une déposition.

Marie Lafitte avait gagné au cocotier, c'est le cas de le dire. Quatre kilos de cocaïne. De la bonne. Quand elle arriva le lendemain matin à 8 heures 30 boulevard Nominoé, accrochée à la laisse de son énorme clebs, elle fit un tabac.

Je descendais l'escalier au moment où elle parlementait avec le nouveau, qui secouait la tête en montrant le chien du doigt. Intraitable, le mec. Je ralentis, pour voir comment elle allait s'en tirer.

Le Fichant sortit de son antre. Quand il vit Marie Lafitte, il vola vers elle, littéralement. Et bla, bla, bla… Il s'accroupit pour caresser le clebs. Après, une jeune auxiliaire la reconnut. Et re-belote. Quant à Tournebise, il en eut son sifflet de chipoteur coupé net. Il lâcha le téléphone de saisissement, se précipita.

Que vouliez-vous que je fisse ? Je descendis lentement les dernières marches pour accueillir la dame avec un sourire faux jeton. Et voilà le travail !

Quand on demanda à Marie Lafitte un signalement détaillé de l'homme qui lui avait remis le sac, elle dit que c'était un grand maigre, avec des cheveux blancs.

Les yeux ? Elle resta un moment sans répondre, la tête un peu penchée sur le côté. Puis elle dit :

— Ils devaient être bleus. Oui, myosotis. Je me souviens qu'il m'a rappelé un instant… mon père.

Elle demanda ensuite si cet homme aurait des ennuis, expliqua qu'elle avait eu de la sympathie pour lui, qu'il avait l'air inoffensif. Juste un pauvre homme perdu, ajouta-t-elle. Et d'ailleurs, s'il lui avait remis le sac, c'était pour qu'elle le confie au Dr Vogelweith. Il pensait sûrement que le Dr Vogelweith irait à la police à sa place.

Je n'en revenais pas. Marie Lafitte, c'est pas le genre expansif.

Le Fichant dit, avec un sourire carrément nuche :

— Cet homme est peut-être un grand coquin. Mais avec vous pour avocat, il s'en tirera, c'est sûr !

De quoi je me mêle ?

Après l'examen en laboratoire, le sac et son contenu révélèrent, en plus de mes empreintes, et de celles de madame Lafitte, née Marie, Charlotte, Iselle, Adélaïde Ligier de Clairefontaine, trois séries d'empreintes digitales plus ou moins distinctes, inconnues dans les fichiers.

II

Elle avait soulevé un de ces lièvres, Marie Lafitte ! Le major Kertanguy, à Auray, n'eut pas l'air de nous prendre au sérieux. Sa ville, c'était pas vraiment un coin à came. Bien sûr, il y en avait un peu. On surveillait les abord de Saint-Goustan, des écoles, des cours privés…

Ça m'a piqué au vif. Quand Kertanguy dit qu'il n'avait personne pour s'occuper de la merde que nous avions déterrée, je pris les affaires en main.

On décida de rechercher activement le clochard de Marie, tout en faisant une enquête sur les Vogelweith, leurs habitudes, leurs fréquentations. Il fallait être discret, m'avait dit Kertanguy, comme si j'étais né de la dernière pluie. Il avait insisté.

Il craignait d'avoir à tracasser les Vogelweith, qui avaient une réputation irréprochable. Le milieu médical… Il s'était déjà fait taper sur les doigts, malgré son succès, quand il avait résolu l'affaire de la vente des médicaments périmés à des pays en voie de développement. C'était un médecin de Rennes, respecté lui aussi, cofondateur d'une organisation humanitaire, qui avait été inculpé en même temps que d'autres personnalités du monde médical…

Ensuite, la nuit même du jour où Marie était venue boulevard Nominoé avec son clebs, on a eu droit au cirque.

Pour être honnête, je dois dire c'est plutôt elle qui y a eu droit. J'ai beau me dire que tout ça a été la faute de Guillou, je ne suis pas trop fier de moi.

En fin d'après-midi, elle m'avait appelé, en plein milieu d'une réunion avec nos potes de la gendarmerie, pour l'histoire du Jardin de la Préfecture.

Je n'ai pas été gracieux, j'aime mieux vous dire. Le fond de ma pensée, c'était qu'elle se faisait suer. Elle dirige un centre d'informatique à l'Agence Nationale de la Recherche à Vannes. D'après ce que j'ai compris, ce n'est pas de la tarte. Se trouvant en congé, les bras ballants, en proie à un spleen carabiné dans cette grande baraque vide, elle devait avoir besoin qu'on l'écoute.

Je dois dire qu'elle est toujours aussi polie qu'une duchesse. Vous me direz que je ne connais pas beaucoup de duchesses. Qu'est-ce que vous en savez ?

— Lieutenant, me dit-elle, je voulais vous remercier encore d'être venu hier soir.

— C'est normal, Madame Lafitte.

— Est-ce que vous avez trois minutes ?

— Pas plus. Mais allez-y.

— Lisa et Jochen Vogelweith ont depuis quelque temps une femme de ménage, Eléna. Je ne l'ai jamais vue parce qu'elle était en congé quand je suis arrivée à Auray. Elle n'est pas venue ce matin comme il était prévu. Et puis, dans la matinée, j'ai eu un coup de téléphone. J'avais les carnets de rendez-vous de Jochen et Lisa sur la table. Vous comprenez, j'ai demandé à mes amis des instructions précises, pour le cas où des malades appelleraient en leur absence. Mais ce n'était pas un client. J'ai mal compris ce qu'on me disait. C'était une voix d'homme. J'ai cru reconnaître des mots portugais. Quelque chose comme : "Eléna ne peut pas vir... Est-ce qu'elle a esquecime do saco ?" J'ai dit : "Le docteur Vogelweith est absent. Pouvez-vous rappeler la semaine prochaine ?" On a raccroché sans répondre.

— Pourquoi me parlez-vous de tout ça ? dis-je, aussi avenant qu'un porc-épic.

— Et bien, cela veut dire : "Eléna ne peut pas venir. Est-ce qu'elle a oublié son sac ?" Alors j'ai pensé que cela avait peut-être un rapport avec le sac de Saint-Goustan...

— Ah !

— Et puis, j'ai pensé à une autre chose, Lieutenant.

— Il va falloir que je raccroche.

— Ah !... Vous me rappellerez, peut-être, quand vous serez moins... ?

— Certainement. Au revoir, Madame Lafitte.

Après la réunion, qui se prolongea, j'étais en retard pour le rendez-vous chez le juge d'instruction. Et puis, je devais passer au labo.

Bref, une fois de plus, j'étais chez moi à une heure pas possible.

Sarah était là, assise dans la cuisine, en train de

grignoter du fromage. Bogart trônait sur la table. Tout en mâchonnant, ils lisaient ensemble mon dernier numéro de Chasseur d'Images. Bogart avait son cul sur la page de gauche.

— Minou, dit Sarah, tu n'as pas oublié le dîner d'anniversaire de Jean et Nanette ?

Elle portait une robe rouge sans bretelles. Courte, vaporeuse, brillante. Ses cheveux noirs étaient relevés, sauf une petite mèche derrière une oreille. Je plongeai aussi sec dans son décolleté. Elle protesta, mais je voyais bien que c'était pas franc. Bref, nous arrivâmes au dîner au moment du dessert.

Après, on décida tous d'aller au Garage, une boîte qui venait d'être entièrement réinstallée, avec musique techno et le toutim.

A quatre heures du matin, je dormais comme un bébé quand le téléphone me troua le tympan.

C'était Guillou. Il m'expliqua qu'il avait pris son service à 22 heures. Marie Lafitte avait appelé.

— Merde, dis-je. Qu'est-ce que c'était ?

— Eléna est peut-être en danger.

— C'est tout ?

— Mais attend... Elle a téléphoné une deuxième fois. Vers minuit. On venait de la menacer au téléphone.

— La menacer de quoi ?

— D'entrer dans la propriété pour récupérer le sac.

— Mais quel con ! Tu avais bien mes coordonnées ? J'ai laissé un message avant d'aller au Garage !

Monsieur n'avait pas vu le message tout de suite.

Monsieur n'avait pas téléphoné à la gendarmerie d'Auray. Pourquoi ? Heu... Madame Lafitte avait eu une voix calme, au téléphone. Alors...

Après avoir demandé à Guillou de prévenir la gendarmerie d'Auray, j'essayai d'appeler la maison des Vogelweith. Des clous ! Le téléphone était mort. Je bigophonai Tournebise. Nous fonçâmes dans la nuit.

Quand nous arrivâmes devant la maison, la voiture des hommes de Kertanguy était là. Il y avait deux gendarmes au salon. Marie disait :

— Il faut m'excuser. Je n'avais pas mis l'alarme. Je sais la mettre, mais...

Assise au bord d'un fauteuil, elle tenait serrée contre elle une de ces pétoires ! Aussi grande qu'elle. Comme on n'en voit plus que dans les westerns. Ou alors carrément un chassepot.

Je m'avançai, lui retirai le chassepot, et le posai dans un coin.

— Ah ! Lieutenant Alban ! Lieutenant Tournebise ! Ah !... Je suis désolée pour tout ça.

— Qu'est-ce qui est arrivé ?

Il était environ 23 heures. Elle était descendue quelques minutes au jardin avec Happy, avait vérifié la fermeture de la grille, de la porte d'entrée, baissé le chauffage. Elle n'avait pas branché l'alarme, craignant de faire une fausse manœuvre et de réveiller tout le voisinage avec la sirène.

Elle s'était couchée et avait sombré immédiatement dans un sommeil de plomb.

Quand le téléphone sonna, elle crut qu'elle dormait depuis une éternité. Elle s'aperçut qu'elle n'avait plongé que dix minutes…

La voix de son interlocuteur lui parut vaguement familière. Il ne se présenta pas. Il réclama *le sac* avec des menaces très claires. Il lui ferait la peau si elle n'allait pas tout de suite le déposer devant la grille d'entrée… Il raccrocha sans lui laisser le temps de répondre.

Tournebise l'interrompit :

— Vous n'avez pas eu peur, Madame Lafitte ? Vous auriez pu aller vous réfugier chez des voisins…

Non, elle n'avait pas eu peur. Elle avait, depuis de longs mois, l'habitude d'être seule dans sa maison de Lamothe-Saint-Léonard, près de Locminé. Et puis, elle avait complètement oublié que l'alarme était débranchée.

Et Jochen lui avait expliqué que la maison, pendant sa restauration, avait été conçue comme un véritable fortin. Si quelqu'un pénétrait dans le jardin en sautant la grille, des lumières éblouissantes s'allumaient. Si l'on approchait de la porte d'entrée, il suffisait d'avoir un pied sur la première marche du perron pour qu'une sirène se déclenche. Il était presque impossible d'escalader les murs jusqu'aux fenêtres, à cause de rangées de piques en hérisson disposées à quatre mètres du sol. Les fenêtres du rez-de-chaussée étaient gardées par des grilles épaisses, solidement scellées.

La porte d'entrée avait une serrure multiple extrêmement sophistiquée. La haute verrière colorée au-dessus de la porte était constituée d'une vitre armée, sur laquelle on avait rapporté un à un les morceaux du vitrail d'origine.

Ce coup de téléphone l'avait agacée.

Elle avait appelé aussitôt le commissariat du boulevard Nominoé. Le préposé, qu'elle avait trouvé un peu lent, n'était pas au courant de l'histoire du sac. Il lui dit qu'il transmettrait le message au lieutenant Alban. Il ne dit pas quand.

Le téléphone sonna à nouveau. C'était une autre voix, avec un accent étranger. L'homme lui dit qu'il allait monter, qu'elle allait regretter son entêtement. Il commença à énumérer ce qu'il lui ferait subir si elle ne livrait pas la marchandise.

Comme la première fois, on ne lui laissa pas le temps de répondre.

A mon tour, je l'interrompis :

— Qu'est-ce qu'il a dit exactement, Madame Lafitte ?

Elle devint blanche comme de la craie. Je crus qu'elle allait tomber du fauteuil.

— Il a dit qu'il me... qu'il me... Non, Lieutenant, je ne peux pas répéter ce qu'il a dit. Mais j'étais dans une telle rage, sur le moment, que cela ne m'a rien fait.

Elle avait failli décrocher le téléphone. Pensant aux malades de Jochen et Lisa, elle avait finalement branché le répondeur téléphonique. Puis elle s'était mis la tête sous l'oreiller, décidée à dormir.

A partir de là, sa nuit avait été infernale.

Happy commença. Il se mit à aboyer furieusement dans la cuisine. Elle se leva et lui ouvrit la porte. Il galopa dans l'escalier et continua à aboyer de plus belle devant la porte d'entrée.

Sans allumer, elle alla voir à la fenêtre du salon dont elle n'avait pas fermé les volets. Dans la pénombre, elle vit deux hommes franchir la grille… Elle attendit. Le jardin resta dans le noir…

Elle se précipita sur le téléphone. Pas de sonnerie. Elle essaya d'allumer la lampe de sa chambre. Plus d'électricité…

Elle ne se fit aucune illusion sur Happy. Ces hommes avaient dû la voir se promener avec le chien. Ils savaient probablement que ce n'était qu'un bébé, trop maladroit pour défendre efficacement qui que ce soit…

Par la fenêtre, elle vit les deux hommes monter le perron, s'approcher de la porte.

Elle se dit qu'ils auraient du mal à forcer la serrure, que le bruit infernal des aboiements de Happy les abrutirait…

Elle alla dans la cuisine faire chauffer de l'eau, puis revint dans le salon. S'approchant de la fenêtre, elle l'ouvrit doucement. La porte d'entrée était juste en dessous. Elle retourna dans la cuisine, prit l'énorme casserole d'eau bouillante, jeta l'eau sur les deux hommes. L'un d'eux reçut tout sur le côté de la tête et l'épaule. Il poussa un cri déchirant. Sur le moment, elle faillit vomir d'horreur. Mais elle revint à la cuisine, refit chauffer de l'eau, décidée à les décourager... Après d'interminables attaques à l'eau bouillante, elle les vit se replier. Ils sautèrent à nouveau la grille et disparurent sur le boulevard.

Elle rappela Happy, puis le laissant dans la salle à manger, alla se recoucher.

Une demi-heure après, Happy l'avertissait à nouveau. Elle ne fit qu'un bond jusqu'à la fenêtre du salon. Cette fois, elle aperçut le contour d'une échelle coulissante, que les deux hommes faisaient tranquillement glisser par-dessus la grille du jardin.

Elle regarda la pendule. Il était quatre heures du matin. Le service du nettoiement ne passait qu'à cinq ou six heures... Elle réfléchit encore. Il devait bien y avoir un moyen d'avertir un passant, des voisins... Mais ses attaquants ne faisaient aucun bruit... Si elle hurlait à la fenêtre ? Les maisons avoisinantes, solidement construites, avaient des murs épais, de grands jardins...

Cette fois, ils ne tentèrent rien contre la porte d'entrée.

Ils appuyèrent le haut de l'échelle sur la rangée de piques qui défendait l'accès au premier étage.

De là, ils pouvaient se hisser avec des gants sur la rangée de piques et, avec des semelles épaisses, marcher tranquillement jusqu'à une fenêtre. Elle resta indécise un moment. Il y avait bien un vieux fusil dans l'entrée. Jochen lui avait dit que c'était celui de son père, que le canon était légèrement fêlé, qu'il risquait d'exploser au premier coup tiré...

Peut-être pouvait-elle les effrayer avec ce fusil... Le tout était de gagner du temps... Mais elle n'avait pas envie de descendre le chercher... Elle avait dû se gendarmer pendant quelques secondes. Elle s'était ensuite précipitée dans l'escalier, avait arraché le fusil accroché en face de la porte d'entrée, était remontée comme une flèche.

Après, elle avait passé le fusil par la fenêtre du salon, hurlant :

— Attention, descendez immédiatement ou je tire !

L'homme qui était en train de se hisser par-dessus la rangée de piques, s'arrêta, indécis...

L'autre lui cria :

— Avance ! Elle bluffe ! Il n'est sûrement pas chargé !

Au moment où elle s'apprêtait à tirer, la voiture de gendarmerie était arrivée à vive allure et avait freiné brutalement devant la grille.

Je vis Marie ébaucher un sourire.

— L'effet a été magique, dit-elle. Les deux hommes sont descendus de l'échelle, ont fait un bond vers le fond du jardin, ont escaladé l'énorme mur, ont sauté de l'autre côté. Vous croyez qu'ils se sont tués, dans la chute ?

C'est Tournebise qui réussit à la persuader d'aller se coucher, après lui avoir pratiquement versé dans le gosier du lait chaud et sucré. Il avait l'air d'avoir fait ça toute sa vie.

Ils étaient dans la cuisine et, pendant que Kertanguy, au téléphone, dégoisait des salades embarrassées, je les entendais discuter le bout de gras.

— Non, Madame Lafitte, vous ne ferez pas de café pour nous. Je vous prépare du lait chaud. Asseyez-vous là, et ne bougez plus.

— Lieutenant, chuchota-t-elle, il a l'air furieux contre moi. C'est vrai que j'aurais dû mettre l'alarme.

— Mais non. Alban fait la tête parce que vos messages ne sont pas arrivés à temps. Et puis, c'était dangereux, ce vieux fusil…

— Je lui dirai, à Jochen, ce que je pense de sa rangée de piques sous les fenêtres. Ça leur a facilité le travail, à ces…

— Tenez, buvez, Madame Lafitte. Après ça, hop, au lit !

J'entendis un reniflement à la Bogart. Il fait un petit bruit très particulier quand je lui donne le fond de mon café au lait. Ça veut dire que c'est le pied.

— Qu'est-ce que vous avez mis dedans ? Ça sent… hem… C'est délicieux !

— Chut ! J'ai mis un peu de rhum.

Elle chuchota encore :

— Je vais être saoule, Lieutenant. Qu'est-ce qu'il va dire ?

— Ne vous inquiétez pas. Je vous porterai au dodo.

— Ah ! Non !

Je la vis marcher dignement jusqu'à sa porte. Avec la robe de chambre chamarrée, traînant par terre, qu'elle avait dû piquer au toubib, et ses micral bottillons rouges, elle me fit penser à un des sept nains. Happy avait le nez sur ses fesses. Le commissaire se serait encore marré…

Vers 8 heures, elle fit irruption dans la cuisine, douchée, habillée. Elle sentait le savon au jasmin. Je ne peux pas blairer le jasmin.

J'avais fait le café. Tournebise grillait des toasts.

Elle soupira, s'assit sur un tabouret.

— Ah ! Bonjour !… Ah ! J'avais si peur que vous soyez déjà partis. J'ai encore pensé à Eléna. Est-ce qu'on a retrouvé les truands de cette nuit ?

— Non, Madame Lafitte. Ils sont toujours dans la nature.

J'essayai de la convaincre de quitter Auray. Elle pouvait emmener Happy chez elle, à Lamothe-Saint-Léonard. Elle y serait à l'abri…

Elle refusa. Vous l'auriez vue ! Une bourrique !

Tournebise eut beau lui sortir ses salades les plus subtiles en lui beurrant une tartine, elle ne céda pas. Elle avait pris la responsabilité de la maison, Jochen et Lisa se reposaient sur elle pour les rendez-vous des malades, elle n'avait pas le droit de quitter son poste avant leur retour.

L'exaspération commençait à m'étouffer. Ma parole, elle était capable de prendre la tête à tout un commissariat !

Tournebise avait l'air placide. Il dit :

— Parlez-nous de cette Eléna.

Ce qu'elle nous raconta nous donna à réfléchir. Si seulement je l'avais rappelée la veille comme elle me l'avait demandé... Je lui en voulus encore davantage.

Le fameux sac de Saint-Goustan était un sac de femme, assez grand, avec des soufflets. Le cuir bordeaux, de bonne qualité, était passablement usagé. Sur un côté, il y avait des initiales entrelacées en métal argenté.

Marie n'avait pas réussi à bien déchiffrer les initiales sur le sac. Alors elle les avait dessinées. Et sur son dessin, on pouvait, mieux que sur l'original, faire la différence entre l'ensemble des fioritures, toutes du même style ondulé, et les branches des initiales, même là où il manquait des morceaux. On voyait ainsi assez nettement un L, et la deuxième lettre, tronquée elle aussi, pouvait être un V.

Si cette lecture était la bonne, il pouvait s'agir d'un sac donné par Lisa à Eléna. Le sac était usagé, mais d'excellente qualité, ce qui faisait pencher vers cette hypothèse.

Si Happy tournait autour du sac, c'est peut-être parce qu'il reconnaissait l'odeur de Lisa ou d'Eléna.

Elle nous montra son dessin, d'une minutie à la Tournebise.

Je le mis dans ma poche et dis d'un ton sévère :

— Pourquoi ne m'avez-vous pas dit ça quand je suis venu chercher le sac ? Vous ne vouliez pas que vos amis soient mêlés à une sale histoire ?

Elle devint encore tellement blanche que j'eus les boules.

— Lieutenant, je savais que mes amis allaient y

être mêlés, que je le veuille ou non. Je n'en ai pas parlé parce que je n'étais pas assez sûre de moi.

Ouais, pensai-je amèrement, elle n'en a pas parlé parce que je lui ai fait peur avec ma grande gueule.

— Pourquoi avez-vous dit à Guillou : "Eléna est peut-être en danger ?", demanda Tournebise, comme pour détourner la conversation.

— J'ai brusquement compris, hier soir, ce que le clochard avait marmonné après m'avoir mis le sac dans la main. Il a dit quelque chose comme : "Elle ne reviendra plus".

Sur le chemin du boulevard Nominoé, je ruminais la meilleure tactique pour inciter Kertanguy à nous aider sans nous pomper l'air. Tournebise me dit tout d'un coup d'un air sournois :

— Tu l'as dans le baba ! Avoue !

— T'en fais pas ! On va la retrouver vite fait, la femme de ménage.

— Je ne te parle pas de la femme de ménage. Tu les as vus, quand Madame Lafitte est arrivée dans la cuisine ?

— Quoi ?

— Et bien, ses cils !

— Et alors ?

— Elle sortait de sa douche. Ses cheveux et ses cils étaient mouillés, mais c'était comme d'habitude.

— Qu'est-ce qui était comme d'habitude ?

— Ne fais pas l'âne. Tu as vu comme moi. Je n'y crois pas, à ton histoire d'appareil à cils...

III

Le Dr Vogelweith m'appela le lendemain. Sa mère étant mieux, sa femme et lui étaient rentrés précipitamment à Auray pour leurs consultations, qui reprenaient l'après-midi. Aussi pour les derniers préparatifs du colloque de médecine qu'ils avaient organisé, et qui devait avoir lieu dans les salles du château de Keravéon à Erdeven la semaine suivante. Oui, Marie les avaient informés de l'histoire du sac. Elle avait aussi vaguement parlé d'une agression, la nuit d'avant, peut-être en rapport avec le sac.... Oui, Lisa en avait fait cadeau à Eléna.... Non, Eléna n'avait pas téléphoné. Oui, bien sûr, sa femme et lui se rendraient boulevard Nominoé. Dès ce matin ? Heu... Oui, entendu.

Grande, mince, brune, Lisa Vogelweith avait l'allure d'un mannequin. Lui, un balèze au visage sévère, pas catouillant pour deux ronds, avait une sorte de huppe sur la tête, qu'il devait essayer d'aplatir le matin. Après, il baissait les bras. En tout cas, quand ils quittèrent le boulevard Nominoé, elle était presque à la verticale.

Ils reconnurent formellement le sac, mais eurent du mal à croire qu'Eléna était mêlée à un trafic de drogue. Eléna Coelho, une Portugaise, travaillait chez eux depuis quelques mois. Une jeune fille charmante, en qui ils avaient toute confiance. Ils l'avaient engagée sur les recommandations du Dr Verhaegen, qui faisait partie de l'Association de Médecine Manuelle France-Bénélux. Ce médecin avait, comme eux, son cabinet en France. A Vannes, rue Saint-Vincent.

Quand Tournebise donna quelques détails sur l'attaque de la nuit précédente, ils se regardèrent, stupéfaits.

— Marie ne nous a presque rien raconté, dit Jochen Vogelweith. Et encore, je croyais qu'elle avait exagéré. Elle fait tout le temps des cauchemars depuis la mort de son mari.

Pendant que Le Fichant allait rendre visite au Dr Verhaegen, le Dr Armagnac téléphona. Il avait fini l'autopsie du cadavre du Jardin de la Préfecture. Il voulait que je voie par moi-même. Tout de suite.

Je détestais voir par moi-même ce qu'il trafiquait dans son royaume glauque et méphitique. Je m'arrachai à une pile de rapports pour me rendre à l'hôpital. Je jetai un coup d'œil, vite fait, au corps de la morte. Une blonde, petite et mince.

— Tu vois, Alban, cette trace sur le côté du cou ?

— Evidemment. Elle a été étranglée. Par derrière. Avec une cordelette très fine.

— Non, ce n'est pas une cordelette. Il n'y a aucune trace de fibre. Pas un fil de fer non plus. A cause des parois du sillon qui sont... Bref, Gouvello pense qu'il s'agit de boyau.

— Comme pour les instruments de musique ?

— Peut-être.

— Vous n'avez rien pour l'identifier ?

— Vêtements presque neufs, bon marché, dont la marque a été retirée. Gouvello cherche s'ils ont été fabriqués en France. Pas de bijoux. Elle a les oreilles percées. On a pu lui enlever ses boucles d'oreilles avant de la transporter près du parc.

— Mais il ne s'agit sûrement pas d'un vol... Je veux dire, si on a pris la peine d'enlever les marques des vêtements...

— Attends, Alban ! Gouvello suppose que c'est une étrangère. On a pu enlever ses boucles d'oreilles parce qu'elles avaient quelque chose de distinctif. Le pourcentage d'or dans l'alliage permettrait d'identifier le pays d'origine, ou, tout au moins, de circonscrire les recherches.

Je repartis, déçu. Malaucœureux aussi, comme dit Sarah. Et est-ce que ce n'était pas un raisonnement tordu, cette histoire de boucles d'oreilles ? Les grandes surfaces sont pleines de bijoux en or à quatre sous, venant de n'importe où...

En tout cas, la morte n'était pas Eléna.

Eléna, d'après les Vogelweith, est une petite brune. Elle leur avait dit qu'elle partait pour Lisbonne voir sa mère, mais qu'elle serait de retour la semaine d'avant le colloque.

L'ennui, c'est que sa mère, contactée par la police de Lisbonne, avait dit qu'Eléna était repartie pour Auray à la date prévue. Et le chauffeur du car l'avait reconnue parmi ses passagers. Au domicile d'Eléna, on n'avait rien trouvé de suspect.

Le Dr Verhaegen, interrogé par Le Fichant, lui dit qu'Eléna Coelho était une amie de Linda Rodrigues, sa propre femme de ménage, elle aussi portugaise, qui lui donnait toute satisfaction. C'est pourquoi il avait recommandé Eléna aux Vogelweith.

Le Fichant avait demandé à voir Linda. Mais elle était en vacances à Madère. Après quelques difficultés, il avait fini par obtenir son adresse.

— Il t'a fait des difficultés ? demanda Tournebise.

— Eh bien… Il disait que c'était sa femme qui avait l'adresse, qui s'occupait de l'URSSAF, des feuilles de paye… Et sa femme était absente. Lui-même était débordé.

— Il est comment, le cabinet du Dr Verhaegen ?

— Rupin, t'as pas idée ! Tu connais ces maisons du 17e près de la Porte Saint-Vincent ? Et bien, il a deux appartements au rez-de-chaussée ! Il a gardé les plafonds tarabiscotés. La salle d'attente est superbe. Rien que des meubles anciens. Et j'ai aperçu le jardin de la fenêtre… Si tu voyais ça !

Le lundi suivant était le premier jour du colloque de médecine à Erdeven. Le Dr Armagnac y présentait une communication pendant les sessions de médecine légale. Au banquet du soir, il s'était assis à côté de Marie Lafitte.

Il me raconta le lendemain qu'il avait eu du mal à lui tirer une parole.

— Alban ! Je ne savais pas qu'elle était dépressive !

— Vous croyez ? dis-je, mal à l'aise.

— Ecoute ! Il y avait un orchestre. Elle a été sans arrêt invitée à danser ! Mais tu l'aurais vue ! Un zombie ! Toujours polie et aimable, mais le regard vide, l'air triste. Ça m'a fait de la peine. Quelqu'un de si jeune ! Je l'ai raccompagnée à Auray parce que ses amis étaient accaparés. Dans la voiture, elle m'a dit qu'elle était heureuse de revoir tous ceux qui connaissaient son mari, qu'elle avait été touchée de l'accueil qu'elle avait reçu boulevard Nominoé.

— Ah !... Au fait, vous avez téléphoné à la fille du commissaire ?

— C'est lui qui m'a appelé. Je lui ai parlé de l'accident de Jean-Edmond Lafitte. Il ne savait rien.

— Ah !

— Pourquoi fais-tu cette tête-là, Alban ?

— Pour rien.

Je n'entendis plus parler de Marie pendant deux jours. Nous nous acharnions sur les ateliers clandestins, un véritable réseau. Le gardien de la rue Aristide-Briand, qui avait été étroitement surveillé après avoir été relâché, avait eu des contacts avec d'autres gardiens d'immeubles. On avait perquisitionné dans ces immeubles et trouvé encore d'autres malheureux esclaves entassés dans les sous-sols.

Nous avions aussi sur les bras un meurtre d'enfant. Une petite fille de huit ans. Nous soupçonnions le père. Il n'y avait aucune preuve contre lui.

L'adresse de Linda Rodrigues à Madère n'était pas exacte. La police de Funchal faisait des recherches.

Le Dr Verhaegen, convoqué cette fois boulevard Nominoé, l'avait pris de haut, nous mettant sous le nez le double des déclarations à l'Urssaf. Elles portaient bien cette adresse-là.

Ce mercredi-là, hasard ou intention, quand le téléphone sonna, Marie demanda à parler à Tournebise. C'est vrai que tu lui as donné le biberon, mon coco, ça crée des liens, pensai-je.

— Elle a l'air secoué, tu sais, me dit Tournebise, après avoir raccroché.

— Qu'est-ce qu'elle veut ?

— C'est encore compliqué. Comme ses amis sont très pris par le colloque, et qu'il n'y a pas de femme de ménage, elle a nettoyé ce matin les deux cabinets du rez-de-chaussée. Quelques malades doivent venir ce soir. Dans la salle d'attente, sur une commode, il y a une corbeille avec des bonbons. C'est pour les enfants. Elle a vidé la corbeille, enlevé les papiers de bonbons qui traînaient, épousseté. Elle a trouvé deux boîtes d'anti-inflammatoires. Elles les a mises dans sa poche, pensant que c'était dangereux de les laisser traîner. Et puis, elle est remontée, pensant à Eléna.

Lisa lui avait montré le placard réservé à Eléna, où celle-ci pouvait laisser des objets personnels ou des vêtements de travail. Jochen et Lisa n'avaient probablement pas pensé à en parler à la police, ni à y jeter un coup d'œil. Elle songea tout d'un coup qu'il fallait aller voir dans toutes les cachettes auxquelles Eléna pouvait avoir accès.

Elle est allée ouvrir le placard.

Il y avait là une blouse de travail, un tricot de laine, des bottes, un carton. Elle a ouvert le carton. Sous quelques chiffons, elle a trouvé une dizaine de boîtes vides qui ressemblaient à des emballages de médicaments. Avec des gants en caoutchouc, elle a pris une des boîtes en faisant attention à ne poser ses doigts que sur les arêtes. Sur le dessus, elle a lu : *Anti-inflammatoires - Echantillon gratuit - Interdit à la vente*. Au dos de la boîte : *NéoFarma, 10, route de Penboc'h, Arradon*.

Elle a examiné les boîtes une à une. Elles sont toutes pareilles. Elle a regardé dans sa poche. Les deux boîtes d'anti-inflammatoires qui viennent de la salle d'attente sont pareilles à celles du placard... Elles les a ouvertes. Il n'y a rien dedans.

Jochen et Lisa sont rentrés déjeuner avec elle. Ils ont dit qu'ils n'avaient jamais utilisé ni prescrit d'anti-inflammatoires NéoFarma, que leurs échantillons venaient en général des laboratoires Algol ou Purgon.

Lisa s'est rappelé que c'était eux qui avaient fait le ménage du rez-de-chaussée en dernier, dix jours auparavant, puisque Eléna était déjà en congé. Ils n'avaient pas touché à la corbeille sur la commode...

— Qu'est-ce que ça peut nous foutre, tout ça, entre nous ? dis-je à Tournebise.

— Je n'ai pas fini. Elle vient de découvrir des sachets de poudre blanche dans la lessive. Au second étage, dans la lingerie, où il y a un placard pour les produits d'entretien.

Tournebise et moi, on n'a pu aller à Auray que le soir vers dix-neuf heures. Le Fichant et ses hommes avaient découvert des restes humains dans la cave du père de famille que nous soupçonnions de meurtre.

C'est Marie qui nous ouvrit la porte.

Elle avait abandonné son blue-jean. Elle portait un tee-shirt éclatant, cousu de sequins, sur une longue jupe noire, des sandales dorées à hauts talons. Ses cheveux étaient tressés en un énorme épi de blé qui suivait étroitement le dos de la tête, et se prolongeait par une natte épaisse. Le bout frisait de façon... extravagante. On voyait ses petites oreilles rondes et bien détachées.

Quand on a un visage triangulaire, on ne porte pas une coiffure comme ça. On cache les oreilles et le bas du visage. N'importe quel photographe vous le dira. En plus, avec des yeux comme des soucoupes... Tournebise souriait d'un air béat. Quel con !

— Auriez-vous l'amabilité de venir avec moi au second étage ? dit-elle en chuchotant. Jochen et Lisa ont une réception.

Dans la lessive, il y avait bien encore une vingtaine de sachets de cocaïne. Tournebise était en train de tout ramasser dans un sac, quand Jochen Vogelweith fit irruption dans la lingerie. Il avait l'air encore plus sombre que la dernière fois, boulevard Nominoé.

— Lieutenant, je suis prêt à venir demain matin à la première heure signer une déposition. Je ne peux pas rester. Nous recevons le président de l'Association des Ostéopathes Mosellans, le Dr Hatzfeld, de Luxembourg. Nous allons organiser des séminaires, et il est venu exprès pour établir une collaboration avec ma femme et moi.

Il sourit ensuite. Brusquement, il avait l'air d'un gamin.

— Viendrez-vous prendre un verre au premier étage, tout à l'heure ? Je sais que vous avez bien des soucis. Et peut-être ne voulez-vous pas boire avec des suspects ? Mais vous nous feriez plaisir…

Il dégringola l'escalier sans attendre de réponse.

— Il est toujours comme cela, Lieutenant, me dit Marie en soupirant. Il ne faut pas lui en vouloir. Il ne pense qu'à son travail. On dirait qu'il ne se rend pas compte de la situation.

Nous allâmes ensuite voir le placard d'Eléna. Je demandai à Tournebise d'emporter les boîtes d'anti-inflammatoires, à tout hasard. On pourrait toujours faire un tour au laboratoire NéoFarma… Par acquis de conscience.

Marie nous persuada ensuite d'aller au salon avec elle. Comme ça, je ne serai pas toute seule à ne pas être médecin…. En attendant, on va enfermer le sac ici, n'est-ce pas, Lieutenant ? Et puis, je vous montrerai la petite table de Lalique, au salon. Signée… Si, Lieutenant. Il a fait des meubles. Mais personne ne le sait. Et le vase de Soissons, je l'ai restauré moi-même pour Lisa. Il date de 1848 et il n'y en a plus que trois au monde, dont un au musée de Luxembourg…

Avait-elle peur ? Voulait-elle nous montrer autre chose ? Quelqu'un ? Je vous ai dit que c'était une compliquée… Je décidai de la suivre.

Le salon était immense, et plein de monde. Ça causait luxembourgeois à tour de bras. Lisa Vogelweith, habillée d'une longue robe noire fluide, offrait du champagne. Elle posa le plateau et vint vers nous. Elle avait l'air préoccupé. Elle nous dit :

— Messieurs, je suis contente de vous voir. Nous nous faisons tellement de souci pour…

Marie l'interrompit :

— Lisa, ne t'inquiète pas, je vais m'occuper de nos amis. Je peux leur montrer la petite table ?

— Tout ce que tu voudras, ma chérie. N'oublie pas de leur faire goûter les saucisses luxembourgeoises que nous avons rapportées. On ne trouve pas ça ici.

Nous ayant tendu des coupes de champagne en souriant, elle repartit.

Marie nous fit faire le tour du propriétaire, exactement comme elle avait dit. Tournebise tomba en extase devant la table de Lalique, un petit meuble en marqueterie claire, à deux plateaux ovales superposés, aux pieds contournés.

Le vase de Soissons me tapa dans l'œil. Il n'était pas beau, mais posé sur une superbe commode fin de siècle, il jetait un jus extraordinaire.

Haut et élancé, en céramique vernissée, moiré de marron clair et foncé, il avait une panse ronde, un pied et un col étroits, des lèvres évasées. Les anses tourmentées ressemblaient à des embryons de bras.

Il devait peser une tonne. Son vernis, trop brillant à mon goût, contrastait agréablement avec la patine mate, un peu grise, du plateau en chêne massif de la commode.

— C'est le vernis original, dit Marie. N'est-ce pas incroyable ? On dirait presque du Vallauris...

Elle alluma une lampe et nous montra les collages qu'elle avait faits. Ça se voyait à peine.

— Vous y avez passé des heures, dit Tournebise, ébahi.

A ce moment, un des Luxembourgeois vint se joindre à nous. C'était un blond de forte stature, au visage agréable, élégamment habillé.

— Marie, vous nous avez abandonnés ! Je vois que ces messieurs admirent comme moi votre travail.

Il se tourna vers nous et ajouta, avec un soupçon d'ironie :

— Nous aimerions tous avoir à la maison quelqu'un comme madame Lafitte. Elle a des doigts de fée ! Rien ne la rebute !

Marie devint toute rouge. Il continua :

— Vous n'êtes pas médecins, Messieurs ?

— Non, dit Tournebise. Il ajouta avec aplomb : "Mais vous l'êtes sûrement, Docteur... ?"

— Je vous présente le Dr Hatzfeld, de Luxembourg, dit vivement Marie. C'est un amateur d'art. Il apprécie la manière dont Jochen et Lisa ont restauré cette maison. N'est-ce pas, Docteur ?

— Mon prénom est Iago, Marie !

Elle n'avait pas l'air d'avoir entendu.

— Aimeriez-vous goûter les saucisses luxembourgeoises ? nous demanda-t-elle.

Le Dr Hatzfeld nous suivit au buffet. Sans se départir de son air grave, elle offrit équitablement à chacun de nous des saucisses, de minuscules sandwiches au roquefort, au saumon fumé, aux crevettes marinées…

Elle me sourit brusquement quand je choisis des allumettes au fromage.

— Vous les connaissez ? demanda le Dr Hatzfeld. Je n'en ai jamais mangé d'aussi bonnes. Lisa a refusé de me dire où elle les trouve.

— Vous êtes gourmet aussi ? demanda Tournebise.

— J'espère être un connaisseur, dit-il avec un regard appuyé vers Marie.

— Dr Hatzfeld, s'il vous plaît, parlez-nous du vase de Gallé que vous avez déniché à Auray, dit-elle.

Un Gallé… Ce type devait gagner des…

Nous l'écoutâmes décrire les couleurs, la forme, les proportions d'une de ces choses qui ne servent à rien sinon à illuminer, à subjuguer, à exalter… Il parlait bien, le bougre. En un sens, il méritait son Gallé.

— Il faut absolument aller au musée de l'école de Nancy. Il y a là des Gallé extraordinaires, dit-il.

Se tournant vers Marie, il ajouta :

— Je pourrais vous y emmener, puisque vous êtes en vacances.

Il aurait aussi pu parler à un mur… Bogart devant une écuelle de Cat-Cat…

— Nous devons partir, dis-je. Excusez-nous.

Marie nous raccompagna à la porte.

— Lieutenant, me dit-elle avant de refermer la grille, vous me tiendrez au courant, pour Eléna ? Lisa vous l'a dit, sûrement ? Elle est presque certaine qu'elle ne se droguait pas… Je crains tellement…

IV

Le lendemain, Tournebise se rendit à Arradon, au 10, route de Penboc'h.

Il me raconta après qu'il avait bien failli ne jamais trouver le laboratoire NéoFarma. La route était bordée de grandes propriétés, fermées par des grilles, ou par des portails lourds, compliqués de tourelles, de toitures, de pilastres. Les numéros étaient souvent masqués, comme par hasard, par du lierre ou de la vigne vierge. Une façon comme une autre de se protéger des importuns…

Après avoir sonné à plusieurs portes, après avoir erré dans pas mal de jardins mal clos, il avait atteint une entrée imposante, marquée par de gigantesques piliers de chaque côté d'une grille monumentale, toute rouillée. Les volutes de fer dessinaient des feuilles, des lianes, des fleurs. Des oiseaux s'ébattaient au milieu de cette végétation gracieuse et apprêtée…

J'interrompis Tournebise avec impatience :

— Abrège ! Tu l'as trouvé, oui ou non, le labo ?

— Attends ! Je te connais, tu me reprocheras après de ne pas avoir tout dit ! Tu sais ce qu'il y avait écrit sur la plaque d'entrée, près de la boîte aux lettres ?

— NéoFarma ?

— Hilderkinga !

— Et alors ?

— Heu… Tu en sais autant que moi !

Il est toujours comme ça, Tournebise… Au début d'une enquête, il amasse des faits… Son raisonnement, c'est que ça risque de servir, en attendant une hypothèse réductrice. Résultat, ses premiers rapports sont comme des poubelles.

Je soupirai sans rien dire, me rappelant que j'avais moi-même parfois été bien content, dans le passé, d'avoir ces poubelles-là à ma disposition. On y trouvait des trésors… Va pour Hilderkinga…

Après avoir poussé la grille, marché un bon moment, sonné sans succès à la porte d'une maison imposante, et cheminé encore longuement dans une allée latérale bordé d'arbres immenses, Tournebise avait vu un bâtiment, qui pouvait avoir été une ancienne écurie. Il comportait une aile toute neuve. Autour de ce bâtiment, des matériaux de construction étaient entreposés.

Il y avait un écriteau planté devant la partie ancienne : “Attention ! Danger !”.

Sur le chemin, Tournebise fut dépassé par trois jeunes femmes. Elles entrèrent devant lui et disparurent dans un couloir.

Dans le hall, il hésita. Un homme sortit par une porte sur la droite et lui demanda ce qu'il voulait. Quand Tournebise montra sa carte de police, l'homme le fit entrer en grommelant. Ils traversèrent deux pièces. L'une d'entre elles était tapissée de placards de pharmacie vitrés, remplis de boîtes qui ressemblaient à des médicaments. De grandes tables occupaient presque tout l'espace.

Ils arrivèrent dans un bureau. L'homme s'assit. Il n'avait pas l'air commode.

C'était le responsable de NéoFarma.

— Il s'appelle Alonso, précisa Tournebise. Apparemment, NéoFarma est une pharmacie en gros, pas un laboratoire. C'est Alonso qui reçoit les commandes et fait les expéditions de médicaments.

— Où se trouve le laboratoire ?

— Il m'a dit que NéoFarma est le nom sous lequel sont vendus des médicaments fabriqués par divers laboratoires qui n'ont pas de service commercial. Il s'agit de vente en gros.

— Alors, c'est tout ce que tu as appris ?

— J'ai jeté un coup d'œil aux placards, en partant. Mais je n'ai pas eu le temps de voir en détail, avec l'autre qui me talonnait… Ah ! Si ! Je sais que le propriétaire de NéoFarma et de la maison s'appelle Joannes Wiltz.

— Et il habite la maison ?

— Non, la maison est encore en cours de restauration. Il ne vient pas souvent. Il téléphone à Alonso. Mais c'est la seule adresse qu'Alonso connaisse.

Après le départ de Tournebise, je demandai à une auxiliaire de rechercher ce Wiltz, et me remis en soupirant à dépouiller mon tas de rapports… Nous perdions notre temps avec cette histoire d'anti-inflammatoires, à laquelle Marie avait l'air d'attacher de l'importance...

Mais quelque chose me turlupinait. Si NéoFarma ne faisait que la vente en gros, comment Eléna avait-elle obtenu ces échantillons gratuits ? A moins qu'elle n'ait travaillé à Arradon... Ou bien dans une pharmacie... Ou bien encore chez un autre médecin, client de NéoFarma... Et pourquoi avait-elle besoin de tant d'anti-inflammatoires ?

Le Dr Vogelweith n'avait pas dit qu'elle était malade...

Quand je l'appelai à son cabinet de consultation, il me répondit qu'Eléna pétait la santé, que sa femme l'avait soignée une fois pour un rhume, qu'elle ne manquait jamais un jour de travail. Il ne comprenait pas plus que moi pourquoi Marie Lafitte se tracassait pour ces boîtes d'anti-inflammatoires vides. Mais il y a des gens qui aiment les boîtes, me fit-il remarquer. Tiens, justement, Marie les adore, ajouta-t-il en riant.

— De quelle sorte de boîtes parlez-vous, Docteur ? demandai-je, complètement ahuri.

— Nous gardons pour elle les boîtes à chaussures, à gâteaux secs, à savon, à café... Pour que Marie puisse faire son choix. De temps en temps, ma femme va acheter une boîte exprès et la glisse dans la collection. Mais Marie est finaude. Elle s'en aperçoit. Elle préfère ce qu'elle appelle la récup.

— Ah !

Je n'étais donc pas seul à faire les poubelles...

Après le coup de fil, je continuais de plus belle à ruminer... Etait-ce normal, cette histoire de boîtes ?

Et si Marie déraillait à pleins tubes depuis la mort de son mari ? Si elle avait tout inventé ? Planté des boîtes vides à elle dans la maison des Vogelweith ?

Le sac... Elle pouvait l'avoir trouvé dans le placard d'Eléna. Le clochard de la plage... Elle l'avait créé de toutes pièces, peut-être... N'avait-elle pas laissé échapper qu'il ressemblait à son père ?

Quant aux deux types qui étaient venus l'attaquer dans la maison, l'autre nuit... Certes, les hommes de Kertanguy les avaient vus. Mais il pouvait s'agir de cambrioleurs ordinaires...

J'avais, secrètement, fait ma petite enquête sur Marie.

Par le gardien de son Institut de Vannes, je savais que depuis un an, elle passait toutes ses journées à travailler, arrivant à l'aube, quittant les lieux après tout le monde. Elle n'avait pas pris un seul jour de vacances.

Les gendarmes de Locminé, qui la connaissaient bien elle et son mari, les voisins disaient qu'elle ne voyait personne, sauf, de temps en temps, une amie de longue date, ses frères et sa sœur. Elle n'allait jamais au cinéma, ni au théâtre, ni nulle part le soir. Avant, elle jouait au tennis avec son mari. On ne la voyait plus sur les courts.

On ne lui connaissait pas de jules.

Une vie de recluse, dans un trou perdu, au milieu

des jardins… Ça peut faire péter les plombs, quand on est déjà dans le cirage…

Le hic, c'était la came. D'où venait-elle ? Ce n'est pas dans une équipe de l'Agence Nationale de la Recherche qu'il devait en traîner beaucoup…

Et puis cette foutue femme de ménage qui ne réapparaissait pas… Mais ça, c'était peut-être une coïncidence… Une fugue de môme, probablement vissée par sa mère à Lisbonne, par son travail à Auray…

Quand j'arrivai chez moi, l'hypothèse de la folie de Marie Lafitte me paraissait expliquer tout. Sauf la came. Et je me disais qu'à force de réfléchir, nous arriverions bien à en trouver l'origine, de cette merde…

Sarah m'attendait. Son mari était reparti en voyage pour quelques jours. Elle avait préparé un civet de lapin. Avec des pâtes fraîches, me dit-elle d'un air gourmand.

Au milieu du repas, elle dit :

— Minou, je te trouve soucieux.

— Sarah, tu crois qu'une femme jeune et bien portante peut péter les plombs à la mort de son mari ?

— Tu veux descendre Philippe, pour m'avoir toute à toi ? répondit-elle, les yeux pétillants.

— Tu serais bien trop contente !

— Minou, tu n'aimes pas me faire plaisir ?

Elle avait je ne sais quoi d'ambigu dans l'œil. Je l'interprétai à ma manière, qui n'est peut-être pas la vôtre… Le civet refroidit sur la table.

Le lendemain, je téléphonai au Dr Armagnac.

— Alban, je ne suis pas psychiatre. Je l'ai trouvée triste. Elle qui était si dynamique, si curieuse de tout, elle m'a paru sans ressort. Comme si elle ne faisait plus de projets. Elle ne m'a même pas parlé de son travail. A son âge, et étant donné son caractère, tout ça m'a paru anormal. Tu penses à quoi ? A une schizophrénie ?

— Heu… Est-ce possible qu'elle ait perdu partiellement le sens du réel ? Ses succès professionnels sont reconnus à l'ANR, donc ça va bien sur ce plan. Mais, en même temps, est-ce qu'elle pourrait perdre la boule dans… la vie quotidienne, par exemple ?

— C'est possible, au début de la maladie, au moins. Après, tout se déglingue… Mais pourquoi n'interroges-tu pas ses amis Vogelweith ? Ils te rassureront sûrement. On ne confie pas deux cabinets médicaux et une maison pleine d'objets et de meubles de prix à une malade.

Sans compter le précieux Happy, pensai-je en raccrochant. Mais les amis, même médecins, sont les derniers à se rendre compte de ce qui arrive à leurs proches. Ils ne veulent pas le savoir. Parce que c'est trop dur.

J'avais les boules, au fond, depuis que je supposais que Marie Lafitte était bonne pour l'asile. Elle avait beau me taper sur le système, je pensais au commissaire Cazaubon. Et s'il ne l'avait pas oubliée ? En rentrant de Tokyo, il la trouverait peut-être… complètement partie ? Ça évolue vite, ces maladies-là… Je n'osai pas parler de ma hantise à

Le Fichant, ni à Tournebise. Je décidai de prendre les choses en mains. Sarah m'aiderait.

Sarah… Elle avait un jugement sûr, les pieds sur terre… Si elle restait avec Philippe, c'était pour ne pas le… Et elle n'avait pas mes préjugés. Ni mes responsabilités… Je l'appelai à sa librairie.

Philippe rentrait seulement au milieu de la semaine suivante… Oui, elle serait libre le samedi et le dimanche. Oh ! Une promenade en bateau ! Pourquoi pas l'Ile aux Moines ? Cela nous changera des expositions photos, minouchat. Je vais regarder s'il n'y a pas un concert, ou quelque chose de spécial, dans une des chapelles du coin… Tu as raison ! Un peu d'air !… Je t'aime.

J'avais téléphoné le vendredi à Lisa Vogelweith, soi-disant pour lui parler de la santé d'Eléna. En réalité pour m'informer de leur programme pour le samedi et le dimanche. J'appris qu'elle et son mari retournaient à Luxembourg le soir même pour voir la mère de Jochen. Ils devaient rentrer à Auray le dimanche dans l'après-midi et se rendre à un concert avec Marie. Oui, ils avaient réussi à la décider. Elle n'était pas sortie depuis longtemps. Ils ne la trouvaient pas bien du tout. Triste… Elle ne sortait de la maison que pour promener Happy, le matin très tôt, et dans l'après-midi. Où allait-elle se promener ? Le matin, c'était toujours la promenande du Loch. L'après-midi, ça dépendait… Sur une plage près de Kérat, souvent… Elle lâche Happy sur la plage. Et puis il y a une propriété abandonnée…

A quoi s'occupait-elle ? Oh ! Elle travaille sur des dossiers en retard, pour l'ANR, m'aide dans la maison, fait de petits plats. Et puis, elle répare les trésors dont Jochen a hérité… Comme une professionnelle, Lieutenant ! Vous avez vu la pendule dans la salle à manger ? C'est elle qui a… Mais vous aurez bien l'occasion de revenir voir tout ça avec votre charmant collègue… Marie riait en me racontant qu'il l'avait saoulée avec du lait plein de rhum ! C'est si rare de l'entendre rire… Ah ! Vous l'aviez remarqué ?… Lieutenant, elle n'a pas accepté la mort de Jean-Edmond. Ni celle de Murdoch… Oui, cela revient à refuser la réalité… Il faut attendre… Au revoir, Lieutenant.

Ces toubibs, mâles ou femelles, tous aussi nuls les uns que les autres… Pas moyen d'avoir un diagnostic clair.

Et si j'interrogeais le Dr Hatzfeld ? Il avait l'air de s'intéresser à Marie. Au fait, depuis combien de temps la connaissait-il ?

V

Ce fut un dimanche assez étonnant. Le temps était froid et ensoleillé. Nous allâmes à Port-Blanc prendre le bateau pour l'Ile aux Moines. Sarah, naturellement, fit des avances au gros chien-loup beige à queue de renard qui accompagnait le skipper. Une fois sur l'île, il ne voulait plus nous quitter. Nous marchâmes longuement avec lui sur les sentiers tièdes de l'île, protégés du vent par des murets, qui abritent aussi les camélias, les jonquilles, les pommiers du japon hâtifs, les forsythias des petits jardins. Au retour, Sarah dut dire adieu au gros chien, et puis je l'emmenai déjeuner au Médaillon à Arradon. La patronne nous servit de petites huîtres creuses, à la coquille verte et tourmentée, un dos de mulet grillé sur un lit de légumes, du sorbet aux poires. Sarah, les joues roses, les yeux brillants, dit qu'elle se sentait en vacances. Elle rit aux larmes en me montrant un monsieur barbu, qui lisait son journal en tenant à la main la laisse de son chien. Il n'y avait rien au bout de la laisse.

Le monsieur ressemblait au commissaire Cazaubon. Elle alla lui parler, courut dehors, finit par retrouver elle-même le chien, une petite épagneule aux oreilles frisées, partie baguenauder sur la chaussée. Le mec nous offrit un verre. Il avait le même accent du sud-ouest que le commissaire.

Après avoir quitté le Médaillon, j'engueulai copieusement Sarah.

— Tu te mêles de ce qui ne te regarde pas, comme d'habitude. Ce clebs, tu n'avais qu'à le laisser vivre sa vie !

— Mais ce pauvre monsieur aurait eu le cœur brisé si une voiture…

— Chacun son destin. D'ailleurs, il n'avait qu'à faire attention.

— Qu'est-ce qui te prend ? Je te trouve infect ! D'ailleurs, ce monsieur était… Il ressemble à… Il m'a rappelé quelqu'un.

— Tu as toujours de bonnes raisons pour te justifier !

— Je n'ai pas à me justifier ! Pour qui te prends-tu ? Je rentre à Vannes ! J'en ai assez ! Je ferai de l'auto-stop.

Elle traversa la route aussi sec.

J'avais l'air d'un con, une fois de plus.

Nous cheminâmes un moment, chacun sur son côté. Chose curieuse, elle n'avait pas pris la direction du retour. Je finis par traverser. Je la rattrapai, la saisis par la taille.

— Sarah !

— Je ne veux plus te voir ! Tu gâches tout !

Comme je ne la lâchais pas, elle continua à marcher. Elle ne disait plus rien.

Nous arrivâmes en silence à la voiture. Je me dirigeai vers Kérat. L'endroit était désert. De superbes propriétés dominaient la mer. Un chemin creux, en pente douce, tapissé de feuilles mortes, nous conduisit à la plage. Je m'assis sur le bord en pierre du chemin qui suivait le bas des propriétés. La marée était basse, et, tandis que les canards plongeaient dans les trous d'eau, les autres oiseaux pataugeaient d'un air affairé dans la vase, remplissant l'air calme de bruits mous, piétineurs, suceurs et aspireurs. Il y avait beaucoup d'échassiers. Certains, qui restaient en groupes, étaient petits, ronds, presque noirs, avec un long bec. Très occupés. Un échassier mince et blanc, de grande taille, aperçut Sarah qui ramassait des coquillages, se mit à pousser des cris et à parader devant elle, faisant des moulinets comme s'il voulait la chasser de son paradis. Sarah se mit à rire, il s'en alla vexé. Mais de Marie Lafitte, point. Nous reprîmes le chemin creux. Sarah dit brusquement :

— Est-ce qu'on ne pourrait pas aller voir là ?

Elle montrait une propriété ouverte à tous les vents. Par la grille, on apercevait des étendues gazonnées, et une balustrade blanche qui regardait la mer.

Nous nous retrouvâmes au milieu d'arbres immenses. Près des ruines d'une maison seigneuriale, en pierre blanche de Touraine, il y avait une fontaine. L'eau ne sortait plus de la bouche en forme de poisson. La pierre de la vasque était verdie par la mousse. La fontaine était ornée d'une sculpture : une jeune fille nue assise de trois quarts sur un bouc.

Voluptueuse, elle tenait contre elle une draperie dont les plis ondulaient jusqu'au sol avec raideur. La terre était couverte de feuilles mortes d'un jaune éclatant.

Sarah dit :

— Minou, je t'en prie, prends une photo !

Pendant que je prenais la photo, un gros chien traversa en courant juste devant la statue. Je pestai, recommençai… Le chien repartit dans l'autre sens, une balle dans la gueule.

C'était un boxer au nez charbonné. Je le suivis.

Je la vis de loin. Elle jouait avec le chien. Elle lui lançait la balle, il bondissait à sa poursuite. Elle se cachait derrière un arbre, il revenait, il la cherchait partout, elle se montrait, il sautait de joie… Et cela recommençait…

Ce spectacle fut brusquement interrompu. Emporté par le jeu, le chien mit ses pattes sur les épaules de Marie. Elle chancela, essaya de se rattraper, finit par tomber… Elle se releva comme si de rien n'était, gronda le chien, et ils continuèrent…

Vous en avez entendu parler, vous, de régression infantile ?

Sarah s'arrêta pour les regarder. Elle dit :

— Ils sont… trognons, ces deux-là !

Chapeau pour le diagnostic ! Je ne m'en sortirai jamais, pensai-je. Je m'approchai.

Marie était vêtue d'un épais pull-over à col roulé, incrusté de boue et de feuilles mortes, d'un blue-jean terreux et de bottes. Elle portait une casquette à carreaux, d'où dépassait une énorme natte de cheveux.

On voyait une trace de terre au bout de son nez, et une griffure saignait près de son oreille. Ses mains étaient sales.

Quand elle nous aperçut, elle s'arrêta. Elle était prête à filer dans les buissons avec le clebs.

— Ah !... Bonjour, Lieutenant ! Vous m'avez... Je ne vous ai pas reconnu tout de suite.

Je lui présentai Sarah.

— Je ne peux pas vous serrer la main, dit Marie sans sourire, j'ai les mains trop sales...

Elle avait l'air anxieux, tout d'un coup :

— Lieutenant, qu'est-ce qui s'est passé ? Vous avez des nouvelles d'Eléna ?

— Nous nous promenions, dis-je désinvolte.

— Ah !

— Vous habitez dans le coin ? demanda Sarah.

— Oh ! Non ! Je suis chez des amis à Auray.

Elle attacha Happy et nous marchâmes ensemble sur le sentier. Au bout d'un moment, elle se tourna vers Sarah et dit :

— Voulez-vous... venir à la maison... prendre du thé ? Il commence à faire froid.

— Oh ! Oui ! dit Sarah.

Dans la maison d'Auray, Marie enleva ses bottes boueuses et essuya soigneusement les pattes de Happy.

L'entrée, lumineuse, était pleine de douces lueurs violettes, jaunes et roses, qui venaient du très haut panneau dormant en verre coloré, au-dessus de la porte. L'escalier ciré en bois blond et brillant montait assez raide. Une plante vert amande, dans un pot de céramique turquoise vif, retombait en courbes ondulées sur le pilier sculpté du départ d'escalier.

Elle monta l'escalier devant nous, pieds nus, ses chaussettes à la main.

Sarah me chuchota :

— Cette maison est un rêve !

Jochen et Lisa Vogelweith étaient dans la salle à manger. Lui nous salua d'abord froidement. Il se tourna ensuite vers Marie et lui parla à voix basse en luxembourgeois. Je compris quelque chose comme : "Tu nous fais honte, à Lisa et à moi... Va te laver en vitesse. Et mets des chaussures..."

Elle fila dans sa chambre sans rien dire, suivie par Happy qui avait l'oreille basse. Sarah éclata de rire. Elle est comme ça, Sarah...

Je vis un sourire sur le visage de Lisa. Jochen finit par se marrer lui aussi.

Après le thé, accompagné de scones chauds recouverts de beurre, je pris Jochen à part pour lui parler des fameuses boîtes d'anti-inflammatoires.

— NéoFarma, dit-il, j'ai fait ma petite enquête, au colloque. Mes collègues français, sauf deux ou trois, ne connaissent pas ce laboratoire...

Je notai les noms des médecins qu'il me citait, à tout hasard.

J'entendis ensuite Sarah demander à Marie la recette des scones. Je la vis écrire longuement sur une feuille de papier pendant que Sarah bavardait comme une pie avec Lisa.

Quand nous nous levâmes pour partir, Marie dit d'un air hésitant :

— Lieutenant, cela ne vous tente pas, de venir avec nous au concert, au centre culturel Athena ? C'est à 19 heures. Mozart, Bach, et Vivaldi…

— Quelle bonne idée ! dit Lisa.

— Vous croyez que je peux y aller avec ces grosses chaussures ? dit Sarah.

— Cela n'a aucune importance, dit Lisa. Personne ne fera attention. Ce n'est pas comme un concert à Vannes…

Le Dr Hatzfeld ne tarda pas à sonner à la porte. Il portait un manteau gris, sûrement un Cardin, une écharpe blanche en soie, des pompes noires.

Vu la gueule que faisait Marie, ce n'était sûrement pas elle qui l'avait invité au concert…

On décida d'aller à pied au centre culturel. Le Dr Hatzfeld marchait devant nous à côté d'elle. Je me marrai quand il essaya de la prendre par le bras. Allez donc prendre par le bras quelqu'un qui vous arrive au nombril ! D'ailleurs, elle ne lui facilitait pas la tâche, cette toupie… Sarah étouffa un fou rire. Il renonça.

Comme par hasard, au concert, le Dr Hatzfeld se retrouva au bout de notre rangée. Il était assis à côté de moi, et avait placé Marie de l'autre côté. Comme cela, il était le seul à pouvoir lui parler, le futé… Mais j'avais l'oreille et l'œil qui traînaient, comme d'habitude…

...So brennt's im Herzenskämmerlein,
So zwickt es hier, so zwickt es da,
Papagena, liebes Täubchen !...*

A travers le chant ensorcelant de Papageno, j'entendis le chuchotement du Dr Hatzfeld.

— Marie, pourquoi avoir refusé mon invitation à Vannes, en début de semaine ? Vous aimez Mozart...

— J'étais si préoccupée, murmura-t-elle. Il ne faut pas vous offenser.

Il pencha sa tête vers elle et dit à voix basse :

— Vous êtes dépressive, inutile d'essayer de le cacher. Vous avez subi plusieurs chocs. Je pourrais vous soigner.

Stupéfait, dans la demi-obscurité, je le vis ensuite mettre ses mains de chaque côté de la tête de Marie. Ses doigts se placèrent sur ses tempes et derrière ses oreilles. Il resta un moment dans la même position. Elle ne bougeait pas.

Pa-Pa-Pa-Pa-Pa-Pa-Papagena !
Pa-Pa-Pa-Pa-Pa-Pa-Papageno !
*Bist du mir nun ganz gegeben** ?*

Elle se leva d'un bond, se tourna vers le bout du rang, comme s'il y avait le feu. Sarah pencha la tête avec inquiétude. Marie se rassit.

Pendant le retour vers Vannes, comme d'habitude, Sarah se remémorait la journée à haute voix.

---

* Mon cœur brûle de tous côtés, / Cela pince ici, cela pince là. / Papagena, petite femme de mon cœur !

** Es-tu maintenant bien à moi ?

— Si tu avoues que tu as été odieux quand nous sommes sortis du restaurant, j'efface ce moment, et je dis que cette journée a été… géniale !

— Dis toujours, on verra après !

— Pas question !

— Bon ! J'avoue !

— Minouchat, c'était une journée géniale ! Et tes amis sont si sympathiques !

— Ce ne sont pas mes amis !

Elle me regarda avec un air plein de soupçon :

— Tu ne vas pas me dire que ce sont tes truands habituels ? Que c'était pour le travail ? Qu'est-ce qu'ils ont fait ?

— Sarah, je ne peux rien te dire, tu le sais bien ! J'ai voulu que tu les rencontres pour que tu me donnes un avis sans préjugés.

— Sur qui ?

— Surtout sur Marie Lafitte.

— Oh ! Elle est chou !

— Ah !

— Pourquoi est-elle si triste ? Elle ne parle presque pas.

Elle réfléchit un moment, puis dit :

— Ah ! J'y suis ! C'est elle qui a pété les plombs, comme tu dis, à la mort de son mari ! C'est bien ça ?

— Heu…

— C'est toi qui perds la boule, minou !

Je ne pus rien lui tirer de plus.

VI

L'enquête sur les Vogelweith n'avait rien donné. L'inspecteur Clausen, au commissariat de la Croix de Gaspereich, à Luxembourg, nous apprit qu'ils appartenaient tous deux à des familles respectables du Grand Duché. Ils avaient fait leurs études de médecine à Rennes. Le père de Jochen avait espéré qu'ils s'installeraient à Luxembourg, mais ils avaient préféré rester en Bretagne, en contact avec les équipes de recherche de la région. Quand ils avaient acheté la maison d'Auray, huit ans auparavant, elle tombait en ruines. Ils avaient longtemps campé au milieu des gravats. La restauration avait duré cinq ans.

Comment Marie les avait-elle connus ? Elle nous avait dit qu'au début de leur mariage, elle et son mari habitaient un appartement dans le même modeste immeuble de Rennes que les Vogelweith...

J'entrepris de rencontrer le Dr Hatzfeld en tête-à-tête. Il avait l'air d'avoir saisi, mieux que les autres, que Marie n'était pas dans un état normal. Lui saurait peut-être me dire si elle déraisonnait.

Mais je ne voulais pas lui dévoiler que j'appartenais à la police et que je menais une enquête qui touchait de près au milieu médical.

Je me pointai donc au colloque, après avoir secrètement extorqué à Jochen une invitation aux séances d'ostéopathie.

Quand j'arrivai au château de Keravéon, je tombai sur lui. Il était en grande conversation avec un confrère, qu'il me présenta comme le Dr Peters.

— Pourrais-je vous voir un moment après la conférence ? demandai-je au Dr Hatzfeld.

— Certainement. Tout de suite, si vous voulez. J'allais m'en aller.

Nous nous rendîmes dans un salon retiré, aux rideaux roses. Il y avait des fauteuils en cuir vert doux comme de la soie. On nous apporta du café accompagné de crème et d'une multitude de friandises colorées, disposées en pyramides. Sur des assiettes en porcelaine fine, à filet d'or, purée de moine.

— Je suis étonné de vous trouver ici, me dit le médecin en croquant une violette raidie par le sucre.

— Je suis un collègue et ami du professeur Lafitte. Je n'avais pas revu sa femme depuis la mort de son mari. Elle a tellement changé que ça nous inquiète tous. Jochen m'a suggéré de vous demander votre avis sur son état de santé… Alors, en revenant de Rennes, je me suis dit…

— Ah ! Vous avez bien fait. Vous n'ignorez pas l'intérêt que je lui porte…

Vous l'auriez entendu, après ! On aurait dit un expert discourant sur un objet précieux…

La colère me prit. Tu ne te rends pas compte que

l'objet précieux, il te dit sûrement merde, pensai-je. Mais je le laissai continuer.

— Oui, poursuivit le médecin, si je pouvais l'emmener assez vite à Luxembourg, je la remettrais sur pied. Il y a là-bas une excellente clinique, où je dirige un service… Mais il faudrait qu'elle se laisse persuader. Ou alors qu'on fasse preuve d'autorité. Savez-vous si Jochen a de la poigne ?

Quand je quittai le médecin, j'étais grosjean comme devant. Et mal à l'aise.

Est-ce que Marie était irresponsable ? Est-ce qu'il fallait l'hospitaliser d'urgence ? Ou bien le Dr Hatzfeld la désirait-il tellement qu'il en rajoutait, de façon à pouvoir l'escamoter à Luxembourg ?

Impossible d'en juger… Il avait une voix agréable. Moelleuse. Aux angles arrondis. Son débit était… apaisant… J'avais le sentiment d'avoir été hypnotisé, dans le petit salon rose… Qu'il avait voulu me rouler dans le sucre…

Je ne connaissais ni les frères, ni la sœur de Marie. Je ne me voyais pas en train de les ameuter pour qu'ils laissent ce médecin, que je ne connaissais guère, l'emmener en clinique.

Les parents, déjà âgés à la naissance de Marie, étaient morts depuis plus de cinq ans…

Le Dr Hatzfeld était un adepte de Bion, et il avait toute une théorie sur les naissances tardives. Au stade néo-natal, c'est la mère qui construit les défenses de l'enfant, en répondant instinctivement, par le contact, le geste ou la parole, aux signaux du nouveau-né.

Elle lui renvoie constamment des éléments positifs, qui permettent au petit de se constituer un monde organisé, dépourvu d'angoisse.

D'après le Dr Hatzfeld, si la mère est trop âgée, ou trop fatiguée pour renvoyer ces éléments, c'est la cata, à l'âge adulte…

Pauvre Marie, je la voyais mal partie…

Je n'allais sûrement pas parler de tout ça à Tournebise. Il se ferait bien trop de mourron.

D'ailleurs, pour tout vous dire, je me sentais con comme un balai en sortant du château…

C'est à Kérat qu'on découvrit le corps d'Eléna. On… Enfin… je veux dire Marie, secondée par son complice à la gueule charbonnée.

Je n'en fus presque pas surpris.

Eléments ou pas, c'était dans son caractère. Quand elle entreprenait quelque chose, elle y mettait une application absolue. Qu'il s'agisse d'allumettes au fromage, de vase de Soissons, ou du réseau informatique qu'elle avait monté à l'ANR…

Elle avait toujours cru qu'Eléna avait été assassinée. Par des trafiquants de drogue.

En promenant Happy, plusieurs fois par jour, mine de rien, elle cherchait donc le cadavre. Elle ne l'avoua pas tout de suite à Tournebise, qu'elle appela aussi sec d'une cabine publique près de l'arrêt de l'autobus.

Comment voulez-vous qu'un malheureux divisionnaire intérimaire, envahi par des états d'âme, démuni de troupes, constamment emmerdé par les mecs de Kertanguy, lutte avec une créature aussi intense ? Son mental fonctionnait d'autant mieux qu'elle n'avait plus d'espoir, ni en rien, ni en personne. Détachée des contingences terrestres, la nana…

D'ailleurs, cette quête morbide cadrait bien avec son humeur mélancolique… Elle penchait du côté qu'elle voulait tomber…

Ce n'est pas pour me justifier de je ne sais quelle faute professionnelle que je vous dégoise tout ça. C'est pour que vous compreniez à quel genre de souris j'avais à faire.

Et la panade où elle m'enfonçait…

Le juge d'instruction me talonnait. Le Fichant avait mis en garde à vue le propriétaire d'un immeuble qu'il soupçonnait d'être à la tête du réseau d'ateliers clandestins. Il y avait eu un second meurtre ; encore une jeune femme, dont le corps était dissimulé par des buissons, au milieu de la promenade de la Garenne. Mes collègues et moi commencions à penser à un sadique. Il fallait organiser discrètement des surveillances autour des parcs et jardins publics… Et le père soupçonné de meurtre, qui vivait sa vie tranquillement… J'avais envie de vomir quand j'y pensais.

Tournebise sauta en l'air quand Marie l'appela boulevard Nominoé, à 8 heures 30 pile.

Après, il me dit qu'il avait eu peur pour elle. Est-ce que je ne trouvais pas qu'elle avait tout le temps l'air triste ? Comme si elle n'était pas remise de la mort de son mari… Trouver un cadavre n'allait pas la remonter, pauvre.

Ça, c'était une expression du commissaire. Sauf que le commissaire prononçait pôvre…

Quoi qu'il en soit, quand nous arrivâmes sur les lieux, elle était retournée auprès du corps, derrière les ruines de la maison blanche, dans cette propriété abandonnée au bord de la mer, où nous l'avions rencontrée quelques jours auparavant. Elle nous expliqua qu'elle avait laissé Happy en garde pendant qu'elle allait téléphoner. Il savait déjà ce que ça voulait dire et il n'avait sûrement pas bougé d'un pouce en son absence.

Ils revenaient de la plage par le chemin creux, quand le chien était parti comme une flèche dans la propriété. Elle avait suivi, et avait trouvé Happy creusant au pied d'un arbre.

Elle avait attendu que Happy ait entièrement découvert la tête et les épaules de la morte. Elle voulait être sûre…

Moi qui vous parle, en voyant ce cadavre de môme, le visage déformé par l'agonie, la bouche tordue, les yeux entrouverts, la rage me prit. Je ne m'y ferai jamais…

— Vous voyez, Lieutenant, on a apporté des feuilles mortes pour cacher la tombe, dit Marie. Dans ce coin-là, il ne pousse que des pins. Cela veut dire que les meurtriers ne l'ont pas tuée ici.

— J'ai vu plus loin des chênes, des érables, des hêtres… Le vent a très bien pu amasser les feuilles contre le tronc. C'est probablement un crime de détraqué, dis-je, écœuré.

— Un détraqué qui viendrait se promener ici ?

— Madame Lafitte, vous y venez bien, vous, dans cet endroit complètement glauque ! C'est le major Kertanguy que vous auriez dû appeler. Personne ne sait encore qui est la morte. Si ce n'est pas quelqu'un qui est mêlé à notre affaire, il va y avoir du grabuge…

Elle sortit de sa poche une photo où l'on voyait une jeune fille brune qui riait, un bébé boxer dans les bras.

— C'est Lisa qui a pris cette photo. Regardez, Lieutenant…

— On va s'en occuper, Madame Lafitte, dit Tournebise. Venez à la voiture. Vous allez prendre froid.

Elle me regarda. De grosses larmes se mirent à couler sur ses joues pâles.

— Lieutenant, je sais que vous me prenez pour une folle, avec mon histoire de sac et de clochard… Mais j'avais un pressentiment, pour cette pauvre jeune fille. J'ai pensé à sa mère qui croit qu'elle…

Elle commença à claquer des dents. Elle serait restée là, comme une bûche, devant cette horreur… Je dus la porter à la voiture. Les gens d'un parc à huîtres, qui avaient vu les voitures de police, commençaient à s'attrouper, à poser des questions. La merde habituelle…

Tournebise l'emmena en vitesse chez ses amis. Quand les hommes du laboratoire rappliquèrent, je dus rentrer à Vannes. Dans l'après-midi, j'appelai les Vogelweith. Lisa me supplia de laisser Marie tranquille quelques quelques jours. Comme elle ne cessait de pleurer, ils lui avaient donné des sédatifs.

— Mais non, Lieutenant, ce n'est pas ce que vous croyez... Elle ne déraille pas... Au contraire, c'est bon signe qu'elle se laisse un peu aller. Elle vit sur les nerfs depuis un an... Alors...

— Elle doit signer une déposition, Docteur.

— Est-ce que cela ne peut pas attendre un peu, Lieutenant ? Elle est en état de choc.

J'abandonnai la partie. Elle n'est pas plus forte que les autres, la duchesse, pensai-je vilainement ensuite. Et, après tout, elle ne l'a pas volé, son... état de choc.

Si j'avais dit ça à Sarah, elle aurait été écœurée. On la laissa donc tranquille jusqu'au surlendemain.

Quand elle arriva boulevard Nominoé, je demandai à Tournebise de rester dans mon bureau. Le bougre savait s'y prendre, avec elle.

Après avoir signé une déposition en bonne et due forme, elle nous demanda si nous avions une minute. Elle voulait nous faire part d'une hypothèse concernant la distribution de la drogue.

— Dites toujours, dis-je d'un air rogue.

De toute façon, la journée était fichue...

— D'abord, est-ce que je peux vous demander si l'autopsie a bien confirmé qu'Eléna n'était pas une droguée ?

— Non, elle ne se droguait pas.

— Ah ! Eh bien, je pense qu'elle a été involontairement mêlée au trafic. Si on l'a tuée, c'est parce qu'elle a vite compris comment s'opérait la distribution de drogue.

Tournebise reprit :

— Et comment se fait cette distribution ?

— Je suppose qu'il y a plusieurs réseaux distincts... Mais il y en en a certainement un qui se sert des cabinets médicaux pour acheminer la drogue...

Il va être jouasse, Kertanguy, s'il faut perquisitionner chez ses médecins de la haute, pensai-je.

Tournebise dit :

— Continuez, je vous en prie, Madame Lafitte.

— Si mon hypothèse est la bonne, c'est assez simple. Un grand nombre de médecins ont des femmes de ménage portugaises, recrutées de bouche à oreille. Ces jeunes femmes sont contactées par des Portugais du réseau des trafiquants. Ils leur proposent de gagner facilement de l'argent en transportant des médicaments pour une agence pharmaceutique. Il leur suffit de déposer les médicaments, en faisant leur ménage, à un endroit convenu, légèrement dissimulé, dans la salle d'attente. On leur dit que cela évite aux représentants de les transporter eux-mêmes, que les représentants passent ensuite au cabinet présenter les produits au médecin. Les clients des trafiquants sont avertis. Ils prennent rendez-vous chez un médecin qui leur est indiqué, se servent, et repartent sous un prétexte quelconque. Ou bien même ils sont reçus par le médecin. Il n'est pas si difficile d'inventer une maladie...

— Mais les malades qui ne sont pas au courant du trafic peuvent les voir, objecta Tournebise.

— Il est probable que les rendez-vous sont pris en début ou en fin de consultation. Le client se sert pendant qu'il n'y a personne dans la salle d'attente.

— Mais comment les trafiquants se font-ils payer ?

— Je n'en ai aucune idée, hélas… Ce que je suppose, c'est que les clients appartiennent à des classes aisées de la société. Ce sont peut-être des notables. Les trafiquants savent qu'ils payeront rubis sur l'ongle. Ou bien on les fait payer d'avance….

Toutes sortes d'objections me vinrent à l'esprit, mais je ne dis rien.

— Vous avez parlé de Portugais, dit Tournebise. Parmi les femmes de ménage, il y a aussi des Yougoslaves, des Espagnoles, des Turques…

— Dans le cas d'Eléna, ce sont certainement des Portugais qui l'ont contactée. Elle ne se serait pas fiée à des étrangers. Vous ne croyez pas ?

Je dis à Marie que ce qui m'étonnait, c'était qu'un médecin ne s'aperçoive pas de la présence d'un paquet insolite dans sa salle d'attente. Elle m'assura que c'était possible. Bien des médecins sont tellement pris par leurs consultations qu'ils ne mettent pratiquement pas les pieds dans la salle d'attente. Ils ouvrent seulement un instant la porte de leur cabinet pour accueillir les malades. Après la fin des consultations, il ne reste qu'un carton innocent dans la salle…

— Combien y a-t-il de cabinets médicaux dans

la région, disons entre Rennes, Vannes et Auray ? demanda-t-elle brusquement.

— Heu... Plus de cinq mille, en tout cas, dit Tournebise.

Elle saisit un bloc dans son sac, griffonna. Puis elle dit :

— Mettons cinq mille médecins. Il faudrait compter les dentistes, les kinésithérapeutes, les podologues, tout le paramédical, mais on ne peut pas tout faire... Sur les cinq mille, je retire les deux tiers. On peut en effet supposer qu'une forte proportion de médecins ont des moyens limités, donc pas de femme de ménage. Les deux tiers, cela fait... heu... environ trois mille cinq cents. Il reste quand même... heu...

— Mille cinq cents, dit Tournebise.

— Où voulez-vous en venir ? demandai-je, à moitié agacé, à moitié amusé.

— Eh bien, je me demandais s'il vous était possible, matériellement, de visiter les cabinets de tous les médecins un peu prospères de la région. Mais ce n'est sûrement pas faisable, n'est-ce pas ?

Tournebise et moi, on s'est regardés, stupéfaits.

Elle reprit son bloc, griffonna encore un instant. Puis elle dit :

— Au fond, il suffirait de jeter un coup d'œil dans les salles d'attente... Je compte... heu... une heure par visite, parce qu'il faut prévoir certaines difficultés pour se faire admettre, si on n'a pas de rendez-vous. Et il faut inclure les temps de trajet... Cela fait...

— Mille cinq cents heures, dit encore Tournebise, qui avait l'air de s'amuser.

— Si l'enquêteur fait... soyons optimistes, dix visites par jour, cela fait... heu... Cent cinquante jours. Ah ! Non ! Ce n'est pas possible... A moins que vous ne disposiez de... mettons... Dix enquêteurs. Cela ferait quinze jours, conclut-elle d'un air dubitatif.

Il y eut un silence. Elle nous regardait, la tête un peu penchée. Ma parole, elle avait de nouveau ses loupiotes allumées...

Plutôt pour me racheter que par conviction, je dis d'un ton sérieux :

— Madame Lafitte, nous avons des moyens de repérer assez rapidement les femmes de ménage portugaises, puis de trier les noms de celles qui travaillent chez des médecins... On pourrait commencer par la filière portugaise, en un premier temps...

— Ah !... Bon ! dit-elle.

Eléna, nous apprit le Dr Armagnac, avait été tuée environ dix jours auparavant, dans la semaine qui avait précédé le colloque. Elle avait été étranglée exactement de la même manière que les jeunes filles de Vannes.

Tournebise, sans me demander mon avis, en avertit aussitôt Marie.

— Mais, Lieutenant, dit-elle, il ne s'agit pas d'un sadique. Vous me dites que le meurtrier se sert peut-être de boyau. Est-ce que ce ne serait pas du fil pour recoudre les plaies ? Avez-vous pensé à un médecin ou un chirurgien ? Ou bien quelqu'un qui a accès à du matériel médical ?

Obsédée, la nana…

Mais Gouvello, le spécialiste du labo, dit qu'elle pouvait bien avoir mis dans le mille…

VII

Pour être tout à fait honnête, moi non plus, je n'avais pas cru longtemps à une fugue d'Eléna.

J'avais seulement espéré qu'il s'agissait d'une banale affaire de règlement de comptes. Les jeunes filles étrangères qui venaient chercher du travail dans les villes étaient une proie facile pour les trafiquants de drogue. Ceux-ci leur trouvaient un travail, un logement, en échange de menus services de renseignement ou de distribution. Quand elles avaient obtenu leur permis de travail, une carte de séjour en règle, et si elles n'étaient pas droguées elles-mêmes, elles se révoltaient parfois. On les exécutait alors froidement.

Mais trois cadavres de jeunes filles, tuées de la même façon…

La police de Funchal n'avait toujours pas réussi à localiser les parents de Linda Rodrigues. Comme elle avait emporté tous ses papiers d'identité, et que le Dr Verhaegen n'avait pas de photo d'elle, nous lui avions demandé de venir à la morgue identifier les cadavres des deux jeunes filles qui avaient été étranglées.

Ça n'avait rien donné.

Il avait commencé par refuser, d'ailleurs. Sa femme avait plus de temps, était plus observatrice. Elle irait.

— J'ai trouvé ça dégueulasse, me dit Le Fichant. Tu me connais, je n'ai pas l'habitude d'élever la voix, mais là... J'ai piqué ma crise. J'ai sorti les menottes, et j'ai fait un tel foin que les clients à côté ont sûrement tout entendu. C'est seulement comme ça qu'il s'est bougé.

Le Dr Verhaegen avait donc cédé.

La sueur lui avait coulé sur le front quand on découvrit les deux corps devant lui. Il avait eu tout juste le temps de secouer la tête avant de sortir en courant. Il avait vomi dans le couloir.

En jonglant avec les tâches les plus urgentes, j'avais réussi à dépêcher trois jeunes lieutenants qui faisaient la tournée des médecins huppés de Vannes et de la région d'Auray.

Après mûre réflexion, j'avais décidé de commencer par ceux qui avaient une spécialité de médecine manuelle, de rhumatologie ou d'ostéopathie.

— Ah ! Oui ! me dit Tournebise d'un air narquois, ce n'est pas si rapide que tu l'as dit à Madame Lafitte, de repérer les femmes de ménage portugaises dont les employeurs sont médecins...

— Essaie toi-même, dis-je d'un ton sec. Mais j'ai une autre idée. Le réseau de distribution de drogue - si Marie Lafitte ne l'a pas inventé de toutes pièces - s'appuie peut-être sur des associations de médecins.

— Mais les Vogelweith, avec leurs colloques et

leurs séminaires... Ils doivent avoir tout un fichier d'adresses. Tu crois que c'est eux qui ont monté le réseau ?

— Ecoute, Tournebise ! Tu tombes d'un excès dans l'autre ! Tu crois vraiment qu'ils auraient laissé la drogue dans la lessive ? Avec cette souris touche-à-tout à la maison ? Non, les Vogelweith sont probablement hors de cause. Mais d'autres toubibs doivent servir, volontairement, de relais actifs, quoi qu'en pense notre toupie. Ils peuvent être recrutés par le biais d'associations.

— J'ai déjà la liste des participants au colloque d'Erdeven, dit Tournebise d'un air vertueux.

— Bon ! Tu vas me trouver une documentation complète sur l'Association de Médecine Manuelle France-Bénélux. Demande à Jochen Vogelweith. Ah ! Il faut aussi qu'il contacte de Dr Hatzfeld à Luxembourg pour avoir la liste des membres de l'Association des Ostéopathes Mosellans.

Une visite discrète d'un des lieutenants dans la salle d'attente du Dr Verhaegen ne révéla rien de suspect. Je me sentais découragé par les lenteurs de l'enquête quand Guillou me téléphona, tout excité.

Prétextant un lumbago douloureux, il avait pris rendez-vous chez un rhumatologue, le Dr Weber, juste à l'heure de l'ouverture du cabinet, à 13 heures 30. Le médecin était heureusement un peu en retard et Guillou avait eu le temps de faire une perquisition rapide dans la salle d'attente encore déserte. Il y avait là un coin réservé aux petits enfants, avec un cheval à bascule et des cubes en plastique de dimensions diverses. Bizarrement, l'un des cubes, le plus gros était placé hors d'atteinte des enfants, sur le haut d'une vitrine. Il s'ouvrait sur un côté. Il était plein de boîtes d'anti-inflammatoires, semblables en tous points à celles que l'on avait retrouvées chez les Vogelweith. Guillou en avait subtilisé une, et avait ensuite filé sans tambour ni trompette. La boîte contenait deux sachets de poudre blanche…

Tournebise prit aussitôt son air sournois pour me dire qu'il y avait lieu de réhabiliter certains membres de la corporation.

— Quelle corporation ? Tu veux parler de ce con de Guillou ? dis-je avec humeur.

— Alban, je parle de la grande fraternité de ceux qui cherchent la vérité, dit-il d'un ton pompeux.

Ah… ! J'étais bien entouré ! Tous gâteux ! Le commissaire, au moins, avait compris qu'il était préférable de fuir à temps…

Quand Lisa Vogelweith me téléphona le lendemain soir pour me dire que Marie n'était pas rentrée depuis le matin, j'avoue quand même que je m'arrachai les cheveux.

Après avoir promené Happy, elle avait appelé Lisa à sa consultation, par le téléphone intérieur, pour dire qu'elle sortait faire des courses, et qu'elle voulait visiter des agences immobilières. Elle leur expliquerait après pourquoi.

— Des agences à Auray ? demandai-je. Elle veut déménager, quitter Lamothe-Saint-Léonard ?

— Sa sœur a essayé de la persuader de se rapprocher de Vannes. Mais Marie a toujours fait la sourde oreille…

Putain de bordel de merde !

Il était trop tard pour visiter les agences d'Auray ou d'ailleurs. Une fois de plus, Tournebise et moi, avec Le Fichant qui était monté en marche, fonçâmes vers la grande maison des Vogelweith.

Jochen et Lisa nous dirent de fouiller partout, d'ouvrir toutes les portes, tous les meubles.

Quand je demandai à Lisa comment Marie était habillée, elle me dit en pleurant qu'elle était allée regarder dans l'armoire, et que, sauf erreur, elle portait un blue-jean, un pull blanc à col roulé et une veste en cuir noir. Elle avait peut-être mis aussi son bonnet blanc.

— Est-ce qu'elle a reçu des coups de fil hier ?

— Non, dit Jochen. Mais elle en a donné plusieurs ce matin. Peut-être à une agence immobilière. Elle parlait d'une grande maison. Mais je n'ai pas écouté, à vrai dire…

— Est-ce qu'il s'est passé quelque chose de spécial ce matin ou hier ?

Ils se regardèrent d'un air étonné. Jochen finit par dire :

— Nous avons eu le Dr Hatzfeld à dîner hier soir. C'est tout.

— De quoi avez-vous parlé ?

— Des séminaires que nous préparons. C'était un peu un dîner d'affaires.

— Marie Lafitte s'est-elle mêlée à la conversation ?

— Pas vraiment, dit Jochen en hésitant. Enfin…

Il regarda sa femme.

Tournebise dit d'un ton sérieux :

— Il faut tout nous raconter, Docteur. Même ce qui vous paraît trivial.

C'était Marie qui avait préparé le dîner. Le Dr Hatzfeld était arrivé chargé de fleurs. Elle en avait profité pour disparaître un bon moment à la cuisine, sous prétexte de mettre les fleurs dans l'eau.

Ils avaient commencé à parler des séminaires de recherche. Marie paraissait écouter d'une oreille distraite. Lisa l'avait vue se lever pour offrir des olives, mettre en sourdine un disque de Mozart, puis disparaître dans la cuisine, murmurant qu'elle allait jeter un coup d'œil à la pintade.

Quand elle était revenue, le Dr Hatzfeld disait à Jochen qu'il pouvait commencer à contacter les médecins français dès cette semaine parce qu'il pensait rester à Vannes pendant quelques jours. Il avait pris un congé pour se promener dans les îles.

Marie avait alors discrètement fait signe à Lisa de venir à la cuisine.

Dans la cuisine, Marie dit qu'elle espérait bien que Jochen et elle n'allaient pas se laisser manger la laine sur le dos par le Dr Hatzfeld. Les séminaires, c'était leur idée. Les médecins avaient répondu à l'appel de Jochen parce qu'ils le connaissaient et lui faisaient confiance.

Lisa avait été d'abord interloquée.

Elle avait fini par reconnaître que le Dr Hatzfeld était un homme aimable et obligeant, mais peut-être un peu… envahissant. Elle était restée un moment pensive pendant que Marie ajoutait un peu d'eau au jus de la pintade.

« Lisa, avait dit Marie, il a probablement de bonnes idées pour les thèmes de séminaires. Il faut l'utiliser sur ce plan. Mais c'est à vous deux de décider des plus intéressants, de doser la rhumatologie, la médecine manuelle, l'ostéopathie. Et de choisir les intervenants. »

— J'étais stupéfaite, Lieutenant. Avant le dîner, j'avais presque dû la forcer à s'habiller un peu. Elle avait repris son air de zombie… J'ai eu du remords de lui avoir laissé faire la cuisine…

Marie avait continué :

« Si j'étais vous, je ne lui donnerais pas la liste des adresses de médecins que Jochen a préparée. Pas tout de suite. Ces noms et ces adresses, n'est-ce pas un peu confidentiel ? Ne vaut-il pas mieux établir vous-mêmes les premiers contacts ? S'il faut faire des lettres, je vous les ferai. J'ai mon ordinateur portable… »

Jochen interrompit sa femme :

— Vous comprenez, Lieutenant, elle est habituée à l'organisation de colloques à l'Agence Nationale de la Recherche. Il lui a semblé que le Dr Hatzfeld tentait de s'approprier des prérogatives qui auraient dû rester les nôtres.

Lisa, l'air embarrassé, reprit :

— J'ai demandé à Marie ce qu'elle avait contre le Dr Hatzfeld. Elle m'a répondu qu'elle n'avait rien contre lui, simplement qu'il l'agaçait un peu.

Après, Jochen est venu me rejoindre à la cuisine pour ouvrir une bouteille de vin, et Marie est allée tenir compagnie au Dr Hatzfeld.

— Est-ce que vous entendiez de quoi ils parlaient ? demanda Tournebise.

— Vaguement. Marie parlait d'une petite table 1900 qu'ils avaient vue ensemble la veille chez l'antiquaire d'Auray.

— Tiens, dis-je, madame Lafitte a donc revu le Dr Hatzfeld entre temps ? Elle vous en a parlé ? D'après ce qu'il a dit, au concert de dimanche, j'avais compris qu'il repartait immédiatement pour Luxembourg.

Jochen et Lisa se regardèrent étonnés.

— Vous avez raison, Lieutenant, dit Jochen.

Quoi qu'il en soit, poursuivit Lisa, le Dr Hatzfeld a parlé ensuite à Marie d'une maison ancienne, qu'il avait achetée quelques mois auparavant et qu'il voulait décorer.

Elle a demandé s'il y avait un jardin, et j'ai entendu le Dr Hatzfeld dire que la maison était dans un parc, et qu'il faisait construire une clinique dans les dépendances. Après, nous sommes arrivés avec l'entrée, et on a parlé d'autre chose.

— Et où est cette maison ? demanda Tournebise. Madame Lafitte est peut-être allée la voir avec lui…

— Mais Marie le déteste ! dit Lisa. Elle ne serait pas allée visiter une maison en sa compagnie !

— Lisa ! Elle adore les maisons anciennes ! dit Jochen. Tu le sais bien.

— Mais elle n'avait pas l'adresse. Je suis sûre qu'il ne lui a pas donné l'adresse !

— Il a pu téléphoner ce matin pour lui donner rendez-vous !

— Jochen, si c'est ça, elle n'aurait pas eu besoin de téléphoner à des agences immobilières ! Et d'ailleurs, il y a longtemps qu'elle nous aurait appelés si...

Je les interrompis :

— Est-ce que le Dr Hatzfeld a l'intention de s'installer en France ?

— Je sais qu'il aime beaucoup Auray, dit Jochen. Mais de là à lâcher sa clientèle à Luxembourg...

— Vous connaissez l'hôtel où il est descendu ?

— Non, c'est toujours lui qui m'a appelé. Mais j'ai son numéro de téléphone à Luxembourg.

A Luxembourg, au cabinet du médecin, il y avait un répondeur. Le Dr Hatzfeld était absent pour quelques jours... Je laissai un message demandant qu'il veuille bien rappeler les Vogelweith dès que possible.

Le Fichant avait farfouillé partout au premier étage. Il avait trouvé sur une table, dans la chambre de Marie, un atlas historique du Grand Duché. Il était ouvert à Luxembourg, arrondissement de Hollerich, ce qui nous laissa tous perplexes, Lisa affirmant avec force que Marie ne se serait pas rendue au Grand Duché sans les prévenir.

Sur un plan d'Auray et des environs, nous repérâmes une quinzaine de propriétés importantes, avec parc et dépendances. Je décidai d'organiser une battue. Jochen Vogelweith insista pour monter en voiture avec nous.

Nous avions trois voitures. Je partis avec Tournebise et le Dr Vogelweith. Au bout de cinq visites domiciliaires sans résultats, nous arrivâmes à Arradon, devant une entrée complètement délabrée. Une grille monumentale, brinquebaillant entre deux énormes piliers. Un jardin qui ressemblait à une jungle.

C'était Tournebise qui nous guidait. Il dit :

— Je pense qu'il faut aller voir là aussi. C'est NéoFarma.

Une voiture s'arrêta à notre hauteur pendant que nous ouvrions en grand la grille rouillée du parc.

Un homme en descendit.

— Vous êtes de la police ? demanda-t-il.

— Oui. Qui êtes-vous ? Que faites-vous ici ?

— Je m'appelle Pierre Lombard. Je suis médecin. Ou plutôt, j'étais médecin. Je connais la jeune femme aux cheveux longs. C'est moi qui lui ai fait donner le sac de drogue. C'est bien elle que vous cherchez ? J'ai essayé de la prévenir, mais c'est peut-être trop tard.

— Comment trop tard ? Que savez-vous ?

— Si elle est allée dans cette maison… Il y a peut-être un laboratoire de fabrication de drogue dans le parc. Je n'en suis pas sûr. Je suis cette dame depuis hier matin, j'ai essayé de lui parler. Mais je l'ai perdue de vue quand elle est partie en voiture cet après-midi.

— Pourquoi ne pas être allé à la police immédiatement ?

— J'ai déjà eu des ennuis avec la police.

— Vous connaissez le propriétaire de cette maison ?

— J'ai vu quelqu'un ici un soir. Plutôt blond, très élégant. Mais je ne sais pas son nom...

Tournebise revint d'un bond à la voiture et demanda que les deux autres équipes rappliquent à Arradon. Tout de suite après, Lisa Vogelweith appela.

Le Dr Hatzfeld avait reçu mon message à son cabinet de Luxembourg et avait téléphoné. Elle lui avait appris la disparition de Marie. Il avait répondu brièvement qu'il espérait qu'elle allait bien vite rentrer, et qu'il rappellerait le lendemain.

Lisa avait eu une impression bizarre. Comme si le médecin était... indifférent. Il lui avait pourtant semblé qu'il s'intéressait beaucoup à Marie... Mais il ne pouvait pas savoir qu'elle était mêlée à une affaire dangereuse...

Je réfléchis un moment. Le Dr Hatzfeld, d'après ce qu'avait rapporté l'inspecteur Clausen à Luxembourg, était une sommité du monde médical, sur le plan international. Le président d'une association prestigieuse, d'après Jochen Vogelweith...

Et il ne fallait pas se fier aux impressions... Marie

ne l'appréciait pas, certes, mais on la connaissait, elle… Un zombie, comme disait Lisa elle-même…

Ce qui me tracassait vaguement, c'est qu'elle s'était arrangée, à deux reprises, pour que je rencontre ce médecin… Une fois à la réception, une fois au concert… Qu'est-ce qu'elle avait voulu me suggérer ?

Nous nous enfonçâmes dans le parc. Pierre Lombard était monté avec nous. Il n'y avait de lumière nulle part. Nous arrivâmes à une grande maison.

Laissant les phares allumés, nous carillonnâmes à la porte d'entrée. Sans succès. Il aurait fallu un professionnel pour forcer la serrure compliquée.

Il n'y avait, vers l'arrière, qu'une porte de cave, au bas d'un escalier qui s'enfonçait dans le sol.

Comme chez les Vogelweith, la porte d'entrée était surmontée d'un panneau en verre coloré au-dessus de la porte. Sans perdre de temps, on l'attaqua.

Pierre Lombard avait trouvé par terre une longue et lourde branche d'arbre, qui nous servit de bélier. La verrière vola en éclats au bout de vingt minutes d'efforts.

Le Dr Vogelweith fit la courte échelle à Tournebise, qui se retrouva bientôt à l'intérieur et nous ouvrit. Dans le petit salon du rez-de-chaussée, il y avait un feu éteint dans la cheminée. Les cendres étaient encore tièdes. Deux verres à moitié vides étaient posés sur une table à apéritifs. Je trempai mon doigt dans les verres, goûtai. Sauf erreur, c'était du scotch avec du Perrier.

— Marie boit toujours ça, à l'apéritif, dit le Dr Vogelweith.

Le seau à glace ne contenait plus que de l'eau. Marie était peut-être venue là, mais combien d'heures auparavant ?

Sur la table de la cuisine, il y avait les restes d'un repas. Une seule assiette…

Nous nous partageâmes la tâche. Je montai au second étage, Pierre Lombard et le Dr Vogelweith au premier. Tournebise resta en bas pour accueillir les patrouilles.

Des clous !

C'était facile à voir, d'ailleurs. La maison n'était pas encore installée. Les pièces étaient presque vides.

Tournebise, qui continuait à fouiner partout, aperçut alors par terre, dans l'ombre de la cage d'escalier, une tache sombre. C'était une veste de femme en cuir noir. Une marque française. Une petite taille. Dans les poches, deux boîtes de médicaments Néo-Farma…

A la cave, il n'y avait personne non plus. Je demandai que l'on fouille tout à nouveau. Je me chargeai cette fois du premier étage.

Les chambres du premier étage étaient grandes et nues. Dans l'une d'elles, cependant, il y avait un lit, avec un couvre-pieds, des draps et des couvertures.

Je retournai toute la literie, vidai et déplaçai l'armoire, poussai un lourd secrétaire placé près de la fenêtre. Je ne savais plus ce que je cherchais… Je devenais fou…

Je vis que la fenêtre était mal fermée. J'ouvris complètement.

Elle était tassée dans le coin le plus sombre du balcon, adossée aux balustres. Elle avait les genoux remontés, la tête penchée sur le côté, les bras pendants, les yeux fermés.

Je la portai sur le lit. Elle était bleue de froid. J'ameutai les autres.

Pierre Lombard et le Dr Vogelweith dirent qu'elle avait été très fortement droguée. Ils se mirent à chercher frénétiquement une boîte de cachets, une seringue... Dans la salle de bains, ils finirent par découvrir un tube à moitié vide de Somnaline, à côté d'un verre d'eau entamé.

Pierre Lombard dit alors que la dose absorbée pouvait être dangereuse, qu'il fallait essayer de la faire vomir, de la faire marcher, qu'on ne pouvait pas attendre l'ambulance...

Je détournai la tête pendant que le Dr Vogelweith mettait un doigt au fond de la gorge de Marie.

Inhumain, je vous dis. Je crus qu'elle étouffait. Il recommença, lui murmurant des encouragements, comme à un enfant.

Elle vomit un peu. Elle se laissait faire. Elle avait des gouttes de sueur sur le front.

L'horreur dura une éternité.

Après, pendant que les deux médecins la faisaient marcher dans la chambre, la tenant chacun d'un côté, lui parlant sans arrêt, Tournebise et moi allâmes faire du café et préparer des bouteilles remplies d'eau chaude. Ils réussirent à lui faire boire du café. Elle commença à ruisseler. Ils la couchèrent ensuite, l'entourant de bouteilles d'eau chaude.

— Elle va s'en tirer. Son pouls est presque normal, dit enfin Pierre Lombard.

La laissant avec eux, je descendis. Tournebise dit que l'ambulance allait arriver, que les équipes étaient en train de perquisitionner dans les dépendances, à cinq cents mètres de là.

Je remontai encore une fois au premier étage, demandai à Jochen d'accompagner Marie à l'hôpital, dans l'ambulance.

Je m'approchai du lit. Elle ouvrit les yeux. Elle essaya de parler. Je m'assis sur le bord du lit et me penchai tout près. Elle m'agrippa fébrilement la manche

J'entendis à peine :

— La pancarte… Elle est fausse… Il faut aller voir…

Qu'est-ce qu'elle voulait dire ?

Je posai ma main sur son bras. Comme Tournebise, je dis :

— On va s'en occuper, Madame Lafitte.

Quand j'arrivai à l'entrée du bâtiment des dépendances, Le Fichant s'avança vers moi.

— Comment va-t-elle ? demanda-t-il.

— J'espère qu'elle va se remettre. Où en êtes-vous ?

— C'est décevant. Nous avons emmené, pour les interroger, six jeunes Portugaises qui habitent ici et qui sont femmes de ménage en ville, ainsi qu'Alonso, le responsable.

— Comment se fait-il qu'il y ait à côté une pension pour des femmes de ménage ?

— Le propriétaire a autorisé Alonso à se faire de l'argent en louant les pièces encore vides dans l'aile neuve.

— Et l'aile ancienne ?

— Elle est encore inutilisée... Il n'y a pas d'entrée.

VIII

Tournebise et Le Fichant firent leur tête de mule, quand nous nous retrouvâmes avec Pierre Lombard dans le hall de l'hôpital d'Auray.

Je les pris à part :

— Vous êtes dingues ! Le Dr Vogelweith vous l'a dit ! Elle est dans les vaps ! Lâchez-lui les baskets ! Et puis, nous devons interroger immédiatement ce toubib.

Mais non ! Ils voulaient vérifier par eux-mêmes l'état de Marie. Tournebise disait qu'elle avait une plaie à la joue, que personne n'y avait fait attention... A minuit, essayez donc d'aller rendre visite à un malade à l'hôpital... Je vous recommande les surveillantes...

Celle-ci fit une gueule pas possible quand nous arrivâmes à la porte de Marie. Je dus discuter le bout de gras avec elle pour que mes deux acolytes aient droit à un coup d'œil dans la chambre.

Elle dormait d'un sommeil agité, murmurant des paroles incompréhensibles, essayant de se retourner dans le lit malgré le goutte-à-goutte. Tout doucement, Tournebise lui prit la tête et nous montra sa joue gauche.

Elle avait un pansement collant sur la pommette.

— Et alors ? chuchotai-je. C'est le toubib des urgences qui a mis le pansement. Elle a dû se cogner.

— On l'a battue, oui ! Elle avait déjà le pansement avant que l'ambulance arrive…

Le Dr Lombard nous raconta qu'il avait été médecin dans une clinique de Vannes, mais qu'il avait perdu son travail parce qu'il s'était mis à boire après avoir perdu sa fille, Truda, morte d'une overdose.

Il avait fini par trouver un travail d'infirmier de nuit à la Clinique de Baden. C'est en prenant le car pour rentrer à Auray chaque matin qu'il avait rencontré Eléna Coelho. Eléna était le portrait de sa fille…

— Il y a à peu près dix jours, nous dit-il, Eléna était dans le bus quand je suis monté à l'arrêt d'Arradon. Je n'ai pas pu m'asseoir à côté d'elle pour bavarder, comme d'habitude. Deux hommes étaient montés devant moi. Je les ai vus de loin s'approcher d'Eléna, lui parler à voix basse. Elle secouait la tête. Il y a eu une discussion. A l'arrêt d'après, je les ai vus entraîner Eléna de force vers la sortie. J'ai fait un bond pour sortir derrière eux… Il faisait encore presque nuit. Nous nous sommes retrouvés tous les quatre sur la chaussée. Les deux hommes essayaient d'arracher à Eléna son sac. Je me suis approché. Brusquement, Eléna m'a crié : « Prenez le sac… Les médecins sauront quoi faire… »

Elle a réussi à me lancer le sac.

Les hommes se sont jetés sur moi. J'ai reçu un

coup sur la tête, je suis tombé, agrippé au sac. Quand je me suis réveillé, j'étais entouré d'étrangers. On m'a porté dans une pharmacie, on m'a soigné...

— Et Eléna ? demanda Tournebise.

— Heu... Je suis rentré chez moi, persuadé qu'ils l'avaient tuée... Quand je me suis aperçu que le sac était plein de drogue, je n'ai pas osé me rendre à la gendarmerie. Vous comprenez, j'ai déjà été ramassé plusieurs fois sur la voie publique, j'étais ivre... A la clinique, on me tolère parce que je rends plus de services qu'un infirmier ordinaire... Mais ils n'ignorent pas que je bois...

Il savait qu'Eléna travaillait chez les Vogelweith, connaissait exactement la maison, le chien. Il allait parfois chercher Eléna à la sortie de son travail.

Quand il avait aperçu Marie avec Happy, il avait tenté sa chance, il avait espéré qu'elle remettrait le sac à la bonne adresse...

Tournebise demanda si Eléna avait parlé de la drogue avant l'incident.

Pierre Lombard secoua la tête. Eléna lui avait seulement dit qu'elle était chargée par le laboratoire NéoFarma de transporter des échantillons pour ses employeurs, qu'elle se faisait de l'argent supplémentaire de cette façon. Il avait trouvé cela bizarre, était allé voir le laboratoire à Arradon, s'était fait mettre à la porte par le responsable.

Pierre Lombard s'arrêta à ce point. On aurait dit qu'il avait conscience de l'absurdité de son comportement.

— Continuez, dis-je. Pourquoi soupçonnez-vous qu'on fabrique de la drogue à Arradon ?

Il avait aperçu un groupe de jeunes Portugaises, s'était posé des questions. Est-ce qu'elle n'étaient pas chargées, elles aussi, de transporter autre chose que des échantillons ? Et pourquoi l'avait-on empêché d'entrer dans le bâtiment ?

Après, il s'était efforcé de prévenir Marie. Lundi, il n'avait pas osé lui parler, dans le café d'Auray où ils avaient rendez-vous, parce qu'il avait cru apercevoir dans la rue cet homme qu'il prenait pour le propriétaire de la maison d'Arradon...

On demanda à Pierre Lombard de décrire cet homme. Il répondit qu'il ne l'avait jamais vu de près, qu'il avait des cheveux plutôt clairs et qu'il était bien habillé. Il ne sut pas dire quels vêtements il portait. A force de questions, on sut que c'était un homme de taille moyenne, qui donnait l'impression d'avoir les épaules larges.

Nous laissâmes ensuite Pierre Lombard repartir chez lui, lui demandant de se tenir à la disposition de la police.

Le lendemain matin aux aurores, Tournebise et moi faisions encore le pied de grue dans les couloirs de l'hôpital d'Auray.

Il fallut attendre interminablement que les visites des médecins et les soins du matin soient terminés. Je réussis enfin à repérer le Dr Colomban, qui soignait Marie, lui montrai ma carte de police. J'appris ainsi qu'elle était hors de danger.

Tournebise n'oublia pas de demander, pour le pansement qu'elle avait à la joue.

C'était le médecin des urgences qui l'avait posé, après avoir enlevé celui qu'elle avait déjà. On ne sait jamais...

La peau avait éclaté en deux endroits. Ce n'était pas infecté.

Le Dr Colomban avait donné la permission aux Vogelweith de l'emmener chez eux en fin de matinée. Elle et son mari étaient bien médecins ? Mais il ne s'agissait pas de la fatiguer avec des interrogatoires sans fin... D'ailleurs, je vous préviens, elle ne se rappelle pas bien ce qui lui est arrivé. Ce serait très dangereux de la brusquer, ajouta-t-il d'un air sévère.

Il m'énerva, avec ses airs pontifiants.

Quand nous arrivâmes à la chambre, elle était encore méchamment vaseuse.

Par la porte entrouverte, nous observâmes les allées et venues des infirmières. On lui apporta d'abord un thermomètre, puis un plateau de petit déjeuner.

Je vous jure qu'elle poussa un véritable cri de terreur en voyant l'infirmière s'approcher de son lit avec le thermomètre.

Mais l'infirmière n'eut pas l'air étonné du tout. Elle souriait avec indulgence, comme si elle était habituée aux malades dérangés mentalement. Elle arrangea les oreillers, puis dit d'un ton brusque à Marie de se redresser dans son lit pour le petit déjeuner.

Quand on lui apporta son plateau, elle ferma les yeux, appuyant sa tête sur les oreillers... Au bout de cinq minutes, elle n'avait toujours pas bougé.

L'infirmière revint, la gronda, alla faire réchauffer le café. Elle voulut faire déjeuner Marie.

Mais allez faire boire un âne qui n'a pas soif... En tout cas, l'infirmière quitta la pièce.

Tournebise entra hardiment. Je le suivis.

Lui réussit, ne me demandez pas comment, à lui faire avaler du café. L'effet de surprise sans doute...

Après un moment, elle dit qu'elle se sentait mieux. Mais le pain beurré, elle ne savait pourquoi, ne lui disait rien.

Il y avait un œuf dur. Tournebise l'éplucha, le coupa en quatre. Elle finit par le manger.

L'infirmière revint, accompagnée du médecin. Marie leur fit des excuses. Le Dr Colomban sourit quand elle montra la coquille de l'œuf comme preuve de sa bonne volonté. Il se tourna vers moi et dit à voix basse : “Elle nous fait perdre notre temps. Mais elle est drôle, non ?”

Après, Tournebise se paya ma tronche. Il paraît que je faisais une de ces gueules...

On demanda à Marie si elle se rappelait ce qu'elle avait fait depuis le matin précédent.

Elle ne se souvenait pas de grand-chose. Elle avait décidé d'aller à Arradon. Pourquoi ? C'était vague. Le lieutenant Tournebise avait dit qu'il y avait une grande propriété avec des dépendances... Elle se souvenait d'avoir garé la voiture rue Sainte-Bertille et d'avoir vu une maison avec une superbe grille d'entrée. Il y avait une verrière au-dessus de la porte de la maison... Après, elle avait rencontré un homme qui l'avait frappée.

A quoi ressemblait cet homme ? Un brun avec une moustache, dit Marie. J'ai essayé de téléphoner et il m'a giflée. J'ai quelque chose à la joue, vous voyez, là...

— Sûr que c'est Alonso qui a fait le coup, dit Tournebise. Qui vous a fait ce pansement ?

— C'est le Dr Hatzfeld, dit-elle d'un air vague. Dans la maison... Il m'a aussi donné à manger. Il ne voulait peut-être pas...

— Continuez, s'il vous plaît, dis-je d'un ton ferme.

— Il a dit qu'il pouvait me mettre dans un petit placard...

Elle répéta d'un air égaré :

— M'enfermer dans un placard... Après, je ne me rappelle pas bien. Je suppose que c'est le choc... J'ai été malade, n'est-ce pas ?

— Madame Lafitte, dit Tournebise, on vous a droguée, c'est pour cela que vous avez été malade. Savez-vous qui vous a droguée ?

— Mais il n'aurait pas osé... Un médecin..., dit-elle. Je suis stupide... Il n'aurait pas voulu me tuer. Le Dr Hatzfeld, c'est quelqu'un de bien, n'est-ce pas ? Jochen l'apprécie beaucoup.

— Est-ce qu'il y avait quelqu'un d'autre dans la maison ?

— Je n'ai vu personne.

— Est-ce que vous vous rappelez si le Dr Hatzfeld vous a fait avaler de la Somnaline ?

— Il m'a fait avaler quelque chose dans la cuisine. Pas des cachets. Je me suis sentie mieux après.

— Qu'est-ce qui s'est passé quand vous vous êtes sentie mieux ?

— J'ai couru dehors quand il a parlé du placard. Mais après, je me suis retrouvée sur le balcon. Ce n'est pas possible, n'est-ce pas ? Je n'ai pas pu grimper sur le balcon...

Je me levai, la remerciai, et lui dis qu'on reprendrait cette conversation plus tard, quand elle serait reposée.

— Lieutenant, je vous téléphonerai quand je me souviendrai mieux de ce qui s'est passé, dit-elle solennellement.

La mémoire ne lui revint que petit à petit.

Elle se rappela le lendemain qu'elle avait téléphoné à des agences immobilières à Auray pour savoir où était la maison du Dr Hatzfeld, et quand il l'avait achetée. Pourquoi ? Et bien, c'était bizarre qu'il veuille abandonner son cabinet à Luxembourg, non ? Il avait pignon sur rue, là-bas, d'après Jochen... Elle avait pensé qu'il menait une vie double.

— Qu'entendez-vous par vie double ? demanda Tournebise sans rire.

— Eh bien, je l'ai rencontré dans Auray, alors que Jochen et Lisa le croyaient à Luxembourg.

— Mais ce n'est pas un crime !

Elle avait l'air dans les nuages, tout d'un coup. J'avais envie de la secouer.

— Vous avez peut-être raison, dit-elle. Quoi qu'il en soit, comme je n'arrivais pas à obtenir de renseignements au téléphone, j'ai visité plusieurs agences avant d'apprendre que la seule grande propriété vendue depuis six mois dans la région était située route de Penboc'h à Arradon.

— Comment avez-vous pu obtenir ça ? dis-je.

— Les agences sont maintenant presque toutes informatisées. Elles se servent d'une base de données qui s'appelle Immo-Data, où les transactions sont consignées, dit-elle d'un air innocent.

Elle a dû extraire l'information à coup de battements de cils, oui..., pensai-je. Même nous, avec nos cartes de police, nous sommes reçus comme des chiens...

Elle continua :

— Mais le nom de l'acheteur est confidentiel, vous comprenez... Alors j'ai téléphoné à une demi-douzaine de notaires de la région. Un jeune clerc n'a pas su tenir sa langue. Il m'a dit : “Ah ! C'est ce type bizarre avec une boucle d'oreille qui a acheté la propriété... J'ai vu que ça s'appelle Hilderkinga, maintenant ! Vous tombez bien ! Il doit venir prendre des documents au cabinet. Nous n'arrivons pas à le joindre à son hôtel à Vannes. Est-ce que vous pourriez nous avertir si vous le trouvez ?”

— Joannes Wiltz ! dit Tournebise. Vous avez l'adresse de l'hôtel ?

— C'est l'Hôtel des Remparts, Lieutenant.

Marie avait fini par rentrer à la maison, toute déconfite. Jochen et Lisa étaient à leurs consultations.

Le nom de la propriété lui tournait dans la tête… Elle avait fini par consulter l'atlas historique du Grand Duché.

— Pourquoi le Grand Duché ? demanda Tournebise, comme si c'était passionnant.

— Lieutenant, je pensais encore au Dr Hatzfeld.

Elle rougit jusqu'aux oreilles et reprit :

— Si Hilderkinga était un nom luxembourgeois… Lieutenant, il avait peut-être loué la propriété, pour sa clinique…

Alors là, chapeau ! Pour les raisonnements tirés par les cheveux, elle battait même Tournebise !

Je dis froidement :

— Au fond, il vous intéresse, ce Dr Hatzfeld.

— Oui, dit-elle d'un air de défi.

Eh bien, son numéro de veuve éplorée, ça avait l'air terminé… On n'en parle plus, on passe à autre chose…

Elle continua :

— J'y ai passé du temps, sur cet atlas… J'ai fini par découvrir que Hilderkinga est le nom en vieil allemand de Hollerich. Ce nom figure dans les archives de la ville de Luxembourg dès le dixième siècle. C'est un arrondissement au sud de la ville. Je m'y suis promenée, avec Jean-Edmond. Il y a des corneilles, comme sur…

Lisa Vogelweith entra à ce moment-là. Elle me dit en souriant :

— Je l'emmène, Lieutenant, si vous voulez bien. Il faut qu'elle se repose. Vous viendrez ce soir ?

— Encore une matinée fichue, dis-je à Tournebise dans la voiture.

— Pourquoi, Alban ? Nous avons l'adresse de Wiltz.

— Mais qu'est-ce que c'est que cette histoire de corneilles ? Il était temps qu'on la laisse, elle commençait à dérailler, tu ne crois pas ?

— Alban ! Le Dr Hatzfeld habite Hollerich !

IX

— Qu'est-ce que je dois dire au Dr Hatzfeld, s'il appelle ? nous avait demandé Jochen.

— Attaquez sec. Dites-lui que Marie Lafitte l'accuse de l'avoir séquestrée et droguée, dis-je. Et enregistrez la conversation, si vous pouvez. Il va peut-être se compromettre par des mensonges…

La conversation, dûment enregistrée, ne nous apprit pas grand-chose :

« — Allô ! Iago Hatzfeld à l'appareil. Jochen ? Je voulais vous demander des nouvelles de Marie.

— Inutile de finasser, Hatzfeld. Marie vous accuse de l'avoir séquestrée dans votre maison d'Arradon et de l'avoir droguée. La police l'a retrouvée juste à temps. Elle a failli mourir.

Silence. Le Dr Hatzfeld reprit :

— Mais c'est impossible ! D'abord, je n'étais pas à Arradon, et ensuite je n'ai pas de maison !

— Vous lui avez dit que vous aviez une maison ici !

— Mais non ! Je lui ai décrit une maison que j'avais vue, et qui me plaît. Elle se trouve à Luxembourg. J'espérais qu'elle viendrait voir la propriété avec moi pour me donner son avis !

— Vous étiez route de Penboc'h avec elle et vous l'avez droguée ! Elle va sûrement porter plainte !

— Mais je ne sais même pas où est la route de Penboc'h, Jochen ! Qu'est-ce que c'est que cette histoire absurde ?

— Pas si absurde que ça ! La police enquête sur vous.

— Vous êtes ses meilleurs amis, n'est-ce pas ? Je comprends que vous ne vouliez pas le savoir…

— Qu'est-ce que vous voulez dire ?

— Eh bien, je crains de vous peiner, si vous ne vous êtes pas aperçu que Marie est… Jochen ! Elle est gravement dépressive. Cela se manifeste par une activité fébrile et des obsessions. Pour l'instant, son attention est fixée sur les objets anciens et l'architecture. Elle m'a montré ce qu'elle appelle le vase de Soissons. Elle a passé des heures à coller minutieusement des fragments minuscules du vase, parce qu'elle s'imagine avoir vu le même au Musée National. Et elle m'a dit qu'elle allait recommencer avec de la porcelaine cassée… Je sais que j'ai eu tort de parler de cette superbe maison. Cela a déclenché tout un processus délirant chez elle… Je comptais vous en parler. J'ai eu plusieurs cas de ce genre. Les sujets jeunes comme elle, je les ai traités avec succès. Mais il faudrait que je l'emmène à Luxembourg, à la clinique Jean l'Aveugle.

— Hatzfeld ! Elle a bel et bien été droguée. Je l'ai soignée de mes propres mains.

— Malheureusement, si elle s'est introduite sans invitation chez des particuliers...

— En attendant, coupa Jochen d'un ton froid, vous avez intérêt à vous tenir à la disposition de la police. Vous aurez des comptes à rendre. »

Il avait raccroché brusquement.

— Si c'est Hatzfeld le coupable, il est très habile ! dis-je à Tournebise. On aura du mal à le coincer ! Il faudra prouver que Marie Lafitte n'est pas folle.

Tournebise était hors de lui. J'en profitai :

— Il va falloir qu'elle passe des tests, des examens...

— On le coincera autrement, ce Hatzfeld, dit-il. De toutes façons, je pourrai témoigner que madame Lafitte est la personne la plus sensée que j'aie jamais rencontrée. Tu peux prendre ça comme tu veux, Alban, et te le mettre dans ta gandoura.

En attendant cette éventualité, je demandai à Tournebise de se rendre immédiatement à l'hôtel des Remparts. On n'y avait pas vu Joannes Wiltz depuis longtemps. Presque quatre mois.

Tournebise demanda alors à voir les registres, releva l'adresse donnée par Wiltz à la réception. C'était à Luxembourg. Décidément...

Pris d'une inspiration subite, il examina à nouveau les registres. Le nom du Dr Hatzfeld y figurait. Sa chambre est retenue pour la semaine, dit le maître d'hôtel, mais il est absent depuis mardi.

Mardi, c'était le lendemain du jour où Marie avait

été séquestrée... Il avait donc pu être à Arradon le lundi.

Le coup de fil qu'il avait donné à Lisa Vogelweith... Il avait dû interroger depuis Vannes son répondeur téléphonique à Luxembourg, puis appeler Lisa de l'hôtel des Remparts. Ou d'une cabine publique... Ensuite, il était parti en vitesse pour Luxembourg, tôt le mardi matin, ou dans la nuit, afin de s'assurer un alibi...

Tournebise demanda alors à interroger le gardien de nuit. Bien entendu, le gardien de nuit était rentré chez lui et dormait à poings fermés.

Le directeur de l'hôtel, lui, exigea une commission rogatoire pour laisser la police consulter les listes d'appels téléphoniques de ses clients... Il n'était pas question non plus d'entrer dans la chambre d'un client sans autorisation spéciale.

Tournebise rentra boulevard Nominoé en traînant les pieds.

Il avait eu l'idée de faire relever, vite fait, ni vu ni connu, les empreintes digitales dans la chambre du Dr Hatzfeld, et de les comparer à celles que l'on avait trouvées dans la maison d'Arradon.

J'allai voir le juge d'instruction. Il s'entendait bien avec le commissaire Cazaubon.

Je sortis de son bureau, fou furieux. Pas plus de commission rogatoire que de beurre en branches.

S'introduire en douce à l'hôtel des Remparts, et relever les empreintes, c'est le genre de chose qui craint...

Il faut dire aussi que, malgré les certitudes de Le Fichant et de Tournebise, je n'arrivais pas à croire à la culpabilité du Dr Hatzfeld, et je n'avais sûrement pas été convaincant devant le juge.

Marie avait dû encore cauchemarder. Ce toubib, c'était sa bête noire, non ? Et le seul lien entre lui et NéoFarma, c'était que Wiltz, le propriétaire, était probablement luxembourgeois, et descendait au même hôtel que lui.

— C'est peut-être Alonso qui a drogué Marie Lafitte dans la maison, dis-je à Tournebise. Il l'a bien giflée.

— Pourquoi veux-tu qu'il la drogue ?

— Il voulait peut-être se la garder pour lui tout seul. Ça m'a l'air d'un fameux coco, avec toutes ses bonnes femmes…

— Et le Dr Hatzfeld ? Tu ne crois pas qu'il veut se la garder, lui aussi ? Tu l'as vu comme moi faire sa cour, à la réception des Vogelweith. Et elle n'avait pas l'air de marcher… Crois-moi, nous avons de la chance qu'elle ne se soit pas fait violer. Elle ne s'en serait pas remise.

— Dis donc, Tournebise, c'est elle qui a de la chance ! Toujours à fourrer son nez là où il ne faut pas !

Le soir même, Marie nous raconta en détails son escapade. Ses amis lui avaient sûrement filé des piqûres. Des piqûres de cheval, parce qu'elle avait l'air décidée à aller jusqu'au bout.

Tournebise, dont le goût malsain pour les œufs de

mouches dans les toiles d'araignées est de notoriété publique, l'encourageait à en rajouter, vous pensez.

Bref, elle nous dit qu'après avoir consulté son fameux atlas, elle s'était dit qu'il y avait un lien entre Luxembourg et NéoFarma.

Il était à peu près 15 heures 30.

Quand elle atteignit le 10, route de Penboc'h, elle fut stupéfaite de voir cette grille extraordinaire. Cela vous a sûrement frappé, Lieutenant ? Quel dommage de la laisser à l'abandon. Elle avait eu envie de sortir son crayon et son petit bloc de son sac pour capturer un peu de cette beauté, mais il n'était pas question de traîner. Elle poussa la grille et entra.

Après avoir marché un moment, elle vit la maison. Très haute, elle était flanquée de deux tours carrées élancées, couvertes d'un toit à quatre pans. La façade, crépie à neuf en jaune pâle, était harmonieuse. Le bord du toit pentu, relevé au milieu en une courbe gracieuse, couronnait une fenêtre en œil-de-bœuf. Les hautes baies aux huisseries arrondies, ornées dans le bas de verres de couleur, le perron surmonté d'une marquise compliquée, la porte d'entrée couronnée d'une verrière lui rappelèrent la maison de Jochen et Lisa. Elle remarqua que la maison avait été soigneusement restaurée, alors que le parc, envahi de mauvaises herbes, était à l'abandon. Elle s'approcha de la porte, ne vit aucune indication, poursuivit son chemin.

Après avoir contourné la maison et cheminé longtemps, elle vit le bâtiment bas que Tournebise avait pris pour une ancienne écurie, les matériaux de construction, l'écriteau planté devant la partie ancienne.

Quand elle s'approcha, une jeune femme sortit. Elle s'arrêta et dit :

— Procuras tu do travalho ? *

— Laboratoire NéoFarma ? demanda Marie, un peu étonnée.

— Sim.**

La jeune femme montrait en même temps l'entrée de la partie neuve du bâtiment.

— Obrigada. Tu limpar a casa aqui*** ? ânonna Marie.

— Sim.

La jeune Portugaise repartit sans que Marie, faute de munitions linguistiques, ait pu l'interroger davantage. Dans le hall, elle hésita. Un couloir partait sur la gauche. Elle entendit des voix féminines qui parlaient en portugais.

Un homme sortit par une porte vitrée et lui demanda de la suivre. Ils traversèrent les deux pièces aux placards. Dans le bureau, l'homme sortit une fiche en carton et lui demanda son nom.

— Candida Dupont. Je suis française, mais ma mère était portugaise, dit Marie.

Il lui demanda ses papiers d'identité. Elle répondit qu'ils étaient dans sa valise, à la consigne de

* Tu cherches du travail ?
** Oui
*** Merci. Toi faire le ménage ici ?

la gare de Vannes. Il marmonna pendant un bon moment, nota quelque chose sur sa fiche, puis reprit son interrogatoire.

— Qui lui avait indiqué l'adresse du laboratoire ?

— Elle dit que c'était Eléna Coelho.

— Est-ce qu'elle savait faire le ménage ?

— La cuisine aussi, répondit Marie.

Finalement, il lui demanda si elle avait déjà un logement. Elle dit que non. Il consulta un cahier, réfléchit un moment, puis alla chercher une clef et la lui tendit.

— Tu vas retraverser ces deux pièces. Dans le hall, tu prends le couloir à gauche. Ta chambre est la troisième sur la droite. Je n'ai pas le temps de t'accompagner. On te dira demain ce que tu dois faire. Tu n'as pas le droit de ressortir ce soir.

— Et ma valise ? dit Marie.

— On verra demain, dit l'homme.

Les portes des placards, dans la première pièce qu'elle traversa à nouveau, étaient fermées à clef. Marie trouva une épingle à cheveux dans son sac. Mais elle n'avait que des notions théoriques sur la manière de forcer une serrure… Au bout de vingt bonnes minutes, elle triompha. Son cœur battait, la sueur lui coulait sur le front.

Elle saisit deux boîtes de médicaments, les glissa dans sa poche, repoussa la porte du placard, et s'enfuit sans demander son reste.

Elle se força à ne pas courir dans le parc. Elle arriva à la grille, traversa l'avenue, puis s'arrêta une seconde pour regarder encore. Elle reconnut alors les oiseaux qui voletaient dans le feuillage rouillé. Des corneilles…

Pressant le pas vers la voiture, elle regarda sa montre. Il était presque 16 heures. Il fallait qu'elle appelle le commissariat au plus vite.

Je l'interrompis :

— Vous vouliez nous parler des corneilles, Madame Lafitte ?

— Heu…

Elle resta un moment interdite, comme si elle ne se rappelait pas pourquoi elle avait voulu téléphoner. Puis elle se reprit.

Elle avait ouvert les boîtes de médicaments. L'une contenait des comprimés d'Aspirenter, l'autre des gélules d'anti-inflammatoires Rhumatiol. Les placards qu'elle avait vus ne contenaient donc probablement pas de drogue. Ils devaient servir de façade, pour le cas où l'on perquisitionnerait. La fabrication de drogue et l'emballage des sachets devaient s'opérer dans la partie ancienne du bâtiment. L'aspect extérieur de cette partie pouvait très bien laisser croire à des locaux inutilisés. Et la pancarte : *Attention ! Danger !* était destinée à écarter les curieux.

Quant aux jeunes Portugaises logées dans l'aile neuve, comme la pauvre Eléna, elles avaient pour mission de distribuer la drogue par le biais des cabinets médicaux où elles étaient employées.

Je faillis hausser les épaules.

Elle trouva un petit café, un peu trop près, à son

goût, de NéoFarma. Mais le temps pressait. Elle entra, demanda à téléphoner. Un homme entra à sa suite. C'était celui qui l'avait accueillie au laboratoire…

Elle n'eut pas le temps d'ouvrir la bouche. L'homme la gifla brutalement. Puis il la saisit par le bras, la traîna hors du café…

Marie se retrouva, quelque peu étourdie, enfermée dans une chambre.

Ayant vite repris ses esprits, elle regarda autour d'elle. La chambre était petite, avec un lit et un lavabo. Elle but longuement au robinet, se rappelant qu'elle n'avait rien pris depuis le matin. La fenêtre avait des barreaux. Elle les secoua avec acharnement. Rien à faire.

Au bout d'une demi-heure, entendant la voix de la jeune Portugaise qui lui avait parlé dehors, elle appela à l'aide, tambourinant sur la porte de toutes ses forces. La jeune fille s'arrêta. Marie l'entendit parler à quelqu'un, puis les pas s'éloignèrent.

Après un moment, la porte s'ouvrit et l'homme qui l'avait enfermée entra. Il la gifla encore, la menaça de lui faire une piqûre si elle ne se taisait pas. Elle allait avoir affaire au patron, et elle comprendrait alors qu'il fallait marcher droit. Elle voulait du travail ? Qu'elle fasse donc comme les autres…

— J'ai faim, dit Marie.

— Tant mieux. Tu réfléchiras mieux l'estomac vide, petite garce !

Il repartit après avoir fermé la porte à double tour.

Elle se rassura en se disant qu'on la soupçonnait seulement d'indiscipline. Il fallait qu'elle soit patiente. Tôt ou tard, elle arriverait à pénétrer dans l'aile ancienne du bâtiment…

Sa joue lui faisait mal. Elle s'étendit sur le lit, se tourmentant de n'avoir pu prévenir Jochen et Lisa… Elle finit par s'endormir.

Quand la porte s'ouvrit, elle dormait profondément. Il dut la secouer pour qu'elle ouvre les yeux.

— Dr Hatzfeld, comment êtes-vous arrivé ici ? Comment saviez-vous que j'étais là ? demanda-t-elle.

— Venez.

Il l'emmena hors du bâtiment, la fit monter en voiture. Ils parcoururent cinq cents mètres. La voiture s'arrêta devant la belle maison au crépi jaune pâle…

Il sortit une clef de sa poche et dit :

— Ma maison va vous plaire, Marie. Nous y serons bien.

Elle réalisa brusquement qui il était.

Il avait dit : une clinique dans les dépendances ! Mon œil ! Un laboratoire de fabrication de drogue dans les écuries, oui ! Si on savait à quel point tu as été bête ! se dit-elle. Quelle honte ! Et personne ne sait où tu es. Pas la peine d'espérer de l'aide. Tu es cuite, ma cocotte. Tu vas finir comme Eléna… Oui, mais le plus tard possible. Tu vas lui en faire voir, à ce Iago…

Une fois à l'intérieur, elle avait retrouvé son calme.

La maison avait l'air presque vide. Le Dr Hatzfeld l'emmena d'abord dans une salle de bains au premier étage, la fit asseoir sur un tabouret. Sans mot dire, il lui montra dans la glace qu'elle avait un côté du visage couvert de sang. Les deux gifles qui avaient failli l'assommer... L'homme devait porter une bague qui avait fait éclater la peau... Le Dr Hatzfeld lui lava le visage, soigna les plaies avec un produit qui la piqua, posa un pansement collant sur sa joue. Ses gestes étaient doux.

Ils descendirent ensuite. Il la fit entrer dans un petit salon entièrement meublé, où brillait un feu de cheminée. Toujours sans mot dire, il lui servit du scotch avec des glaçons et du Perrier. Elle se dit que c'était un observateur minutieux, et qu'elle ferait bien de se méfier... Surtout ne pas faire l'erreur de le sous-estimer... Mais elle avait si soif... Elle but une gorgée...

— Marie, dit-il enfin, vous allez tout m'expliquer. Que faites-vous ici ?

— J'ai voulu voir votre maison, dit-elle.

— Comment se fait-il qu'Alonso vous ait battue et enfermée ?

— Il m'a prise pour quelqu'un qui cherchait du travail...

— Ne me racontez pas d'histoires, Marie. Vous soupçonniez l'existence du laboratoire, depuis que vous avez découvert de la drogue chez les Vogelweith. Vous avez voulu faire votre enquête vous-mêmes ?

— Je m'ennuyais un peu…

— Est-ce que vos amis savent où vous êtes ?

Marie hésita une seconde. Si elle disait oui, cela ne la mettait pas à l'abri. Il la tuerait peut-être tout de suite, avant que Jochen et Lisa arrivent, pour l'empêcher de parler. Si elle disait non, elle gagnerait un peu de temps. Il croirait peut-être aussi qu'elle était une écervelée un peu simple, qui agissait sur des impulsions sans suite, mais qui ne mettait pas l'avenir de ses affaires en danger…

Prenant un ton légèrement geignard, elle répondit :

— Je ne leur ai pas dit où j'allais, parce qu'ils m'en auraient peut-être empêchée.

— Vos amis vous surveillent, alors ?

— Ils me croient malade. Toujours des cachets… Je dois dormir beaucoup…

Le Dr Hatzfeld hocha la tête d'un air dubitatif. Il devait se demander si elle jouait la comédie… Il ne fallait pas qu'elle en fasse trop…

Elle but encore une gorgée de scotch. Elle se dit qu'elle avait tort de boire à jeun, mais l'alcool la réchauffait.

Marie se tourna vers moi :

— Lieutenant, j'avais peur, c'est cela, la vérité… Il avait l'air si froid…

Elle se demanda si c'était un homme cruel, s'il la… Mais non, il avait eu des gestes calmes de professionnel, dans la salle de bains…

Au bout de la quatrième gorgée, la tête lui tournait. Elle posa son verre, se leva, ouvrit la bouche.

Aucun son ne sortit. Elle tomba.

Quand elle reprit ses esprits, il l'emmena dans la cuisine, lui fit manger du pain beurré et du jambon, lui poussant de petits morceaux dans la bouche, comme s'il nourrissait un bébé.

— Merci, Iago, dit enfin Marie malgré elle.

— Il faut donc que je vous donne à manger pour que vous vous souveniez que j'ai un prénom ! dit-il d'un ton sarcastique.

Après, ils retournèrent au salon. Marie demanda à rentrer chez elle. Il ne répondit pas tout de suite, la regarda d'un air narquois.

Il dit enfin :

— Marie, vous me plaisez. Je vous garde avec moi.

— Mais je ne veux pas ! Vous ne pouvez pas ! dit Marie, incapable cette fois-ci de jouer la comédie.

— Je vous emmènerai à l'étranger, au besoin. En attendant, vous resterez ici.

Il ajouta :

— Personne ne sait que j'ai acheté cette propriété. Le notaire a eu affaire à un prête-nom. Je n'ai pas donné mon vrai nom, au laboratoire. Même s'il y a une perquisition, je suis à l'abri.

— Mais des voisins ont pu vous voir… Et on finira par me trouver, si on perquisitionne…, balbutia Marie.

— Personne ne me connaît sauf Alonso… Je ne viens ici que tard le soir. Je repars avant l'aube. On croit la maison inoccupée. Quant à vous… Je pourrais vous tordre le cou avec une seule main !

Il passa son bras autour de la taille de Marie, et ajouta en riant :

— Mais ce n'est pas la peine ! Je peux aisément vous cacher dans un tout petit placard ! Ou dans ma poche !

Elle se leva d'un bond, se précipita sur la porte, se retrouva dans l'entrée. Elle était déjà loin dehors quand il la rattrapa. Il la traîna à l'intérieur, au premier étage. Elle se débattait avec violence.

— Ça avait l'air de l'amuser, nous dit alors Marie d'un ton piteux. Il a attendu simplement que je n'aie plus de forces. Après, il m'a fait avaler sans difficultés ce qu'il a voulu. Il m'a enfermée dans une des chambres. Et il est parti.

X

Interrogé avec rudesse par Guillou, Alonso ne nia pas avoir frappé et enfermé Marie, mais il l'accusa de s'être introduite dans les locaux de NéoFarma sous un faux nom, d'avoir forcé la serrure d'un placard et volé des médicaments.

Quand on lui demanda pourquoi il avait voulu l'empêcher d'aller chercher sa valise à la gare, il dit que ces jeunes filles n'avaient pas à traîner sans papiers, qu'il était obligé d'être très strict avec elles, qu'il se donnait beaucoup de mal pour les protéger.

Est-ce qu'il savait qui avait ouvert la porte de la chambre à Marie ? Elle avait dû crocheter la serrure, elle savait y faire, celle-là. En tout cas, il n'était pas responsable de ce qui avait pu arriver après. Il n'allait jamais dans la maison jaune, il n'avait pas la clef. Et le nom du Dr Hatzfeld ne lui disait rien. Son patron, c'était Wiltz.

Comment était ce Wiltz ? De taille moyenne. Ses cheveux ? Bof… Ses vêtements ? Normaux. Comme tout le monde. Est-ce qu'il avait une boucle d'oreille ? Une boucle d'oreille ? Non, mais ! Pourquoi pas une queue de cheval ?

Une des jeunes Portugaises reconnut avoir parlé à

Marie le lundi après-midi et avoir appelé Alonso pour qu'il lui ouvre la porte. On ne put rien lui tirer d'autre. Elle avait l'air terrorisé.

Toutes avaient une carte de séjour, un contrat de travail. Elle travaillaient, comme par hasard, chez des médecins de Vannes, Auray, et des environs. Certaines se tapaient plus d'une heure de car.

Je décidai de relâcher tout le monde, et de faire surveiller, comme je pouvais, les abords de Néo-Farma. Mes trois jeunes lieutenants, munis de la liste de ceux qui employaient les nanas d'Alonso, se lancèrent à l'attaque des salles d'attente.

Pour le Dr Weber, le seul chez qui on avait trouvé de la drogue, je décidai d'attendre la suite de l'enquête pour l'interroger.

Le Dr Hatzfeld ne s'était plus montré à Auray. Dans le doute, Jochen et Lisa avaient tiré un trait sur toute association avec lui.

Nous persuadâmes Marie qu'elle devait porter plainte.

— Vous avez plusieurs possibilités, dis-je. Il peut s'agir d'une plainte pour séquestration, pour tentative de meurtre…

— Est-ce que c'est une tentative de meurtre ? Le Dr Hatzfeld a peut-être simplement mal calculé la dose de Somnitol ?

— Oui, mais comme il est médecin, sa responsabilité est grande.

— Je dépose donc plainte pour séquestration et pour tentative de meurtre, dit-elle.

— OK, dis-je. Maintenant s'agit-il d'une plainte contre X, ou voulez-vous nommer le Dr Hatzfeld ?

Marie hésita, puis dit :

— Si je porte plainte contre lui, il faut détenir des preuves. Pouvez-vous vous servir des empreintes digitales qu'il a laissées dans la maison ?

La futée, elle avait mis le doigt sur la plaie...

— Il est presque impossible de convoquer le Dr Hatzfeld, dis-je. C'est un notable à Luxembourg, ça ferait tout une histoire... Le juge d'instruction est de cet avis. On n'aura pas ses empreintes digitales facilement. Alors, voilà ce que je vous propose : vous déposez plainte contre le Dr Hatzfeld. La plainte est transmise au juge, qui la mettra de côté jusqu'à ce que l'on ait d'autres éléments pour l'inculper. Le jour où l'on pourra le pincer pour la drogue et pour le meurtre d'Eléna, on ressortira votre plainte.

— Bon, dit-elle. Comme vous voudrez. Mais avez-vous l'intention de perquisitionner dans l'aile ancienne des écuries à NéoFarma ?

Têtue comme une mule, la souris, pensai-je. Et est-ce qu'elle n'est pas en train de me faire du chantage, par hasard ?

— Madame Lafitte, nous n'obtiendrons pas l'autorisation de si tôt.

— Alors quelle piste suivez-vous ?

— Nous tentons de reconstituer les circuits de distribution de drogue dans les cabinets médicaux. Mais nous sommes obligés à une grande discrétion... Par ailleurs, tant que nous n'avons pas retrouvé le propriétaire de la maison d'Arradon, nous ne pouvons pas faire grand-chose. Vous ne voulez pas porter plainte contre Alonso ?

— Oh ! Non ! Ce n'est jamais qu'un exécutant, dit-elle. Mais pour cette fameuse nuit... Jochen m'a dit que le Dr Hatzfeld avait téléphoné à Lisa soi-disant de Luxembourg. Est-ce qu'on peut prouver qu'il appelait en réalité de Vannes ?

— C'est difficile. On n'obtiendra la liste des appels provenant de l'hôtel que s'il est sérieusement soupçonné... Et il a pu appeler d'une cabine publique...

Quand nous nous rendîmes un soir chez les Vogelweith, espérant trouver là un objet que le Dr Hatzfeld aurait touché, et qui n'aurait pas été lavé ou essuyé, Marie était, apparemment, d'une activité fébrile.

Une nouvelle femme de ménage avait pris la place d'Eléna, et elle devait avoir plus de temps pour se laisser aller à ses manies.

Quoi qu'il en soit, quand elle se leva de la table de salle à manger pour nous accueillir, elle était pieds nus, vêtue d'un tee-shirt blanc et d'une salopette bleue avec un Mickey sur la poche ventrale. Elle avait de la colle sur le visage et sur les mains.

— Oh ! Lieutenant !... Oh ! Pardonnez-moi ! Je ne suis pas vraiment en état de vous recevoir !

La table était encombrée d'une suspension en bronze 1900, et d'une collection de porcelaine superbe, en partie cassée.

— Venez vous asseoir. Je me lave les mains. Jochen et Lisa ne sont pas encore rentrés de Luxembourg, alors j'ai installé mon atelier ici. Sinon, Jochen…

— Oui, dit Tournebise en riant, on voit que le maître de maison est absent.

Il paraissait tellement à l'aise que je me détendis malgré moi.

Elle nous expliqua qu'un morceau manquait au bord d'une des tulipes en opaline de la suspension. Elle avait dû fabriquer un petit triangle bombé qui vienne se placer à l'endroit de la brèche. Après de nombreux tâtonnements, elle avait découpé sans scrupule un morceau triangulaire dans la paroi d'un bol en plastique rose qu'elle avait repéré dans la cuisine. Le bol, bien que d'un matériau humble, indigne de l'opaline, était juste de la bonne couleur. Le collage avait été délicat.

— Qu'en pensez-vous, Lieutenant ? dit Marie en se tournant vers moi.

— On ne voit pas la réparation, dis-je involontairement. Et la porcelaine ? Vous n'allez tout de même pas recoller ça. Ça ne tiendra jamais !

Marie me répondit d'un air sérieux qu'elle essaierait de faire ce qu'elle pourrait.

Il y avait là plusieurs plats anciens et un légumier de porcelaine de Luxembourg, que Lisa avait trouvés chez un brocanteur. Lisa était heureuse de sa trouvaille parce que les pièces provenaient d'un service exactement semblable à celui dont Jochen avait hérité, dont beaucoup de pièces manquaient. Le brocanteur lui avait fait un prix intéressant parce qu'il fallait recoller des morceaux cassés du légumier et de deux des plats.

Marie ajouta que l'antiquaire d'Auray, celui où elle avait rencontré le Dr Hatzfeld quelques jours auparavant, lui avait donné un tube entamé d'une colle spéciale, dont il se servait lui-même.

Tournebise sourit encore.

— Vous ne nous avez pas dit ce qui s'était passé ce jour-là, dit-il.

La veille du dîner avec le Dr Hatzfeld, vers neuf heures du matin, elle avait reçu un coup de téléphone. C'était une voix d'homme un peu éraillée :

— Je voudrais vous voir. C'est moi qui vous ai apporté le sac.

Sans réfléchir, elle avait dit :

— La police vous recherche. J'ai été obligée de donner votre signalement.

Il répondit :

— A dix heures, dans le grand café à côté de la boulangerie à Auray. Faites attention de ne pas être suivie.

— Que voulez-vous ? demanda-t-elle.

Il avait déjà raccroché. Elle partit pour son rendez-vous à la dernière minute, regardant furtivement si personne ne la suivait.

Le café indiqué avait une profonde galerie qui courait au premier étage. Il y avait déjà beaucoup de monde. Elle parcourut lentement du regard le rez-de-chaussée, et ne vit pas son ami clochard. Elle se décida à monter. Tout au fond de la galerie, derrière une famille bruyante, elle aperçut un homme dont le visage lui parut familier. Mais il était bien vêtu, bien rasé... Hésitante, elle s'approcha un peu. Il leva la tête une seconde. Stupéfaite, elle reconnut son ami de Saint-Goustan... Et puis, elle crut voir dans ses yeux comme une mise en garde. Il déplia le journal qu'il tenait à la main, se mit à lire...

Elle repartit, descendit de la galerie, quitta le café, regardant autour d'elle subrepticement si personne ne l'observait. Mais il n'y avait dehors que des passants pressés.Tout en marchant au hasard, elle se demanda encore s'il fallait faire part de cette entrevue à la police, ou bien à Jochen et Lisa.

La police... A quoi bon ? Il n'y avait rien de nouveau... Jochen et Lisa... Elle savait à l'avance qu'ils seraient tous deux complètement absorbés par leur travail.

Elle avait pourtant bien envie de se décharger sur quelqu'un d'une responsabilité qu'elle sentait maintenant s'abattre sur elle. Mais quelle responsabilité ? Tout ce qu'elle savait, c'était qu'il s'agissait d'une affaire très grave...

Marie nous avoua alors qu'elle aurait bien voulu se dérober, comme tous ces mois passés. Elle avait bien eu conscience, depuis la mort de Jean-Edmond, de ne s'être occupée de personne d'autre qu'elle-même, en dehors de son travail. C'était d'ailleurs une des causes de son sentiment perpétuel de culpabilité.

Jamais elle n'arriverait à mener la plus petite enquête… Elle était tout juste bonne à recoller des pots. Et encore… La porcelaine cassée de Lisa… Elle n'arriverait peut-être pas à la réparer…

Tout d'un coup, elle s'aperçut qu'elle était arrivée pas loin de chez l'antiquaire. Il y avait dans ce magasin des meubles 1900, des collections de porcelaine et de verrerie anciennes. Jochen et Lisa y allaient presque toutes les semaines, espérant y trouver une petite table pour le salon. Elle y était allée avec eux, avait bavardé avec le patron du magasin.

Et si elle lui demandait un avis pour la porcelaine de Lisa ? Il lui indiquerait peut-être une colle… Ayant conscience de vouloir repousser à plus tard les questions graves qui l'agitaient, elle entra dans le magasin.

Elle s'en repentit aussitôt. Le patron était occupé avec un client, qui semblait négocier avec âpreté un superbe vase de Gallé. Elle hésita, voulut sortir. Le patron se retourna.

— Ah ! Bonjour Madame ! dit-il. Je voulais appeler le Dr Vogelweith. J'ai une petite table qui irait peut-être…

— Ne vous dérangez pas, dit-elle. Je reviendrai…

Le client s'était retourné aussi. C'était le Dr Hatzfeld… Il vint vers elle, prit ses deux mains dans les siennes :

— Marie ! Quel plaisir !

— Bonjour, Docteur, dit-elle, accablée, dégageant ses mains.

En même temps, elle se demanda ce qu'il faisait à Auray. N'avait-il pas un cabinet à Luxembourg ?

Elle ne réussit à repartir qu'après être allée dans l'arrière-boutique voir la petite table, en cours de nettoyage, et avoir encore refusé une offre à déjeuner du Dr Hatzfeld... Elle avait quand même eu le temps de demander, pour la colle.

Quand elle eut terminé son histoire, Tournebise demanda :

— Vous croyez que le Dr Lombard craignait d'être vu par le Dr Hatzfeld ?

Elle hocha la tête.

— Si en effet c'est le cas, ce doit bel et bien être le Dr Hatzfeld qu'il avait aperçu un soir à NéoFarma, dit-elle.

— Madame Lafitte, il ne fallait pas nous cacher ça, dis-je d'un ton appuyé. C'est à nous de juger ce qui est important pour l'enquête, et ce qui ne l'est pas.

Vous croyez qu'elle aurait eu l'air contrit ? Ses yeux se mirent à pétiller. A ne pas croire... Tournebise, je le voyais, se marrait en douce.

Après, elle se mit à chercher partout un objet qui aurait pu porter les empreintes du Dr Hatzfeld.

On aurait dit une môme qui joue à cache-tampon. Tournebise, ce débile, et Happy, toujours prêt aux pires conneries, participaient bruyamment.

Quand ses amis rentrèrent, elle n'avait rien trouvé.

Comme elle avait oublié de remettre ses chaussures, qu'elle avait toujours sa salopette, que ses cheveux frisaient de façon démente, même là où ils n'auraient probablement pas dû, et qu'il y avait du bordel partout au premier étage, elle eut encore droit, devant nous, à la grande scène du deux.

Quand Jochen l'engueula, elle eut un choc. Je crus qu'elle allait se mettre à chialer.

Je l'avais déjà vue à l'œuvre, près du cadavre d'Eléna. Son visage était devenu blafard, les larmes dégringolaient sur ses joues tranquillement, de leur propre chef, sans que ses traits bougent. Aucune raison que ça s'arrête, si vous voyez ce que je veux dire. Merci bien…

D'accord, elle me prenait la tête, mais un chef doit toujours être juste.

Je dis fermement à Jochen que c'était de notre faute.

Jochen, à ma grande stupéfaction, s'arrêta net. Il s'approcha de la table, examina longuement la suspension.

Elle remit ses chaussures.

Lisa nous servit à boire.

Même moi, je me sentais mieux en rentrant. Je réfléchissais tranquillement. Marie n'était peut-être pas si folle que je le croyais… Elle avait eu un comportement presque normal, non ?

Y'avait intérêt. Le commissaire allait bien se radiner un jour…

Brusquement, Tournebise dit :

— Et s'il nous ramenait une nana aux yeux bridés ?

Il est vraiment bizarre, Tournebise.

Naturellement, pas moyen d'obtenir une commission rogatoire pour perquisitionner à fond à Néo-Farma. Il n'y avait rien de suspect dans l'aile neuve. Je doutais qu'on trouve quoi que ce soit dans la partie du bâtiment qui était encore en travaux, quoi qu'en pense Marie.

Un fax de l'inspecteur Clausen à Luxembourg nous apprit bientôt que, d'après la gardienne de l'immeuble où il habitait, Joannes Wiltz était parti pour l'étranger depuis plus de trois mois. Il avait demandé qu'on garde son courrier. Elle ne savait pas où il était parti.

Sur ces entrefaites, Tournebise me dit que Marie avait la tête pleine d'hypothèses, mais qu'elle avait promis de ne plus lever le petit doigt sans autorisation officielle.

Voilà qui m'épaterait, pensai-je. Il faut d'autant plus se méfier qu'elle a l'air d'aller mieux...

— Quelles hypothèses ?

— Elle a d'abord demandé si on avait des nouvelles de Wiltz et de Linda Rodrigues. Après, elle a dit qu'ils avaient été tués par le Dr Hatzfeld, ou par ses sbires. Quels sbires ? Eh bien, ceux qui avaient attaqué la maison de Jochen et Lisa...

— Tu ne trouves pas qu'elle y va un peu fort, Tournebise ? Et pourquoi pas Alonso ?

— Oh ! Alonso ! Il est tout juste bon à cogner sur des nanas, d'après elle.

— Ah !

— Elle dit également qu'il faudrait faire craquer

le Dr Verhaegen, qu'il doit être la cheville ouvrière de la distribution de drogue dans le pays de Vannes...

Tournebise se mit à rire :

— Tu sais ce qu'elle a ajouté ? "On pourrait lui envoyer, je ne sais pas, moi, les... WASPS..."

— Qu'est-ce qu'elle veut dire ?

— Les VASF, nigaud. Quand j'ai dit pompeusement : "Madame Lafitte, vous voulez parler de la Vérification Approfondie de Situation Fiscale ?", elle a répondu que oui, c'était le nom qu'elle cherchait, que c'étaient des teignes. "Comme si on avait les fédés aux fesses, n'est-ce pas, Lieutenant ?" Qu'est-ce que tu en penses, toi ?

— Elle regarde trop de polars à la télé !

L'idée n'était quand même pas si mauvaise.

Après tout, même si le Dr Verhaegen était innocent comme l'agneau qui vient de naître, il avait été peu coopératif avec la police. Ça lui ferait les pieds... Et le juge ne pourrait rien dire... De toutes façons, on s'était déjà renseigné sur son train de vie : il avait un appartement dans les beaux quartiers à Paris, un yacht à Saint-Tropez, et le toutim.

Les VASF s'ébranlèrent donc vers la rue Saint-Vincent...

XI

Les parents de Linda Rodrigues avaient été enfin retrouvés. Ils disaient qu'elle était rentrée de Madère plus tôt que prévu parce que le Dr Verhaegen avait besoin d'elle. Interrogé, le médecin nia fermement avoir demandé à la jeune fille d'écourter ses congés.

Le Fichant commençait à me courir sur le haricot avec l'histoire du père de famille soupçonné du meurtre de sa fille de huit ans. Il m'accusa en pleine réunion d'être indifférent au sort des mômes martyrisés par leurs vieux. Comme je vous dis !

Je fis un retour sur moi-même. J'avais un peu laissé tomber son enquête, au profit de l'affaire d'Auray.

Je chargeai donc Tournebise de veiller au grain, côté Linda, de me rapporter les résultats des recherches dans les cabinets médicaux, d'asticoter l'inspecteur Clausen, qui pistait mollement le Dr Hatzfeld sur son territoire.

En fait, je lui laissai carte blanche, pensant que sa minutie maladive compenserait sa fougue de môme.

Le temps de relire tous les rapports de Le Fichant, de discuter longuement le bout de gras avec le Dr Armagnac, spécialiste de la datation des cadavres en terre argilo-sableuse, de tourner en rond sur des dossiers anciens, que j'avais fait venir du service des personnes disparues, j'arrivai à la conclusion que le cadavre retrouvé dans la cave du père de famille était probablement celui de la fille aînée, disparue environ cinq ans auparavant. Il avait dû commencer par elle…

La seule solution était de tenter de le faire craquer, en le confrontant à cette ancienne affaire, qu'il devait croire passée aux oubliettes.

On le convoqua une fois de plus. Il fut si surpris que ça marcha : il avoua tout. Deux fois violeur, deux fois meurtrier de sa propre chair, de son propre sang… Tout le commissariat était en révolution.

Le lendemain de son inculpation, il se pendit dans sa cellule.

Amen, dit Le Fichant. *Ite missa est*, ajouta Guillou, toujours un peu à côté de la plaque.

Le commissaire aurait dit : *le reste est silence*.

Le reste ne nous regarde pas, même si nous avons tendance à croire, dans ces occasions, que justice est faite.

En tout cas, les deux autres enfants avaient encore leurs chances…

Pendant ce temps, la bride sur le cou, Tournebise et Marie montaient leur manip.

Manip qui faillit tourner vinaigre. Le responsable, c'est moi, on est bien d'accord. Mais le pompon revient à Marie, même si, par construction, c'est toujours la police qui doit trinquer.

D'abord, elle est l'aînée de Tournebise. Trente et un balais en janvier prochain ! Vous ne le croiriez pas, si vous l'aviez vue comme moi, pieds nus, avec sa salopette, façon bébé chic qui va jouer au sable. Des claques, oui…

Comme elle, Tournebise, chargé de retrouver Linda, de découvrir le trafic de drogue, si trafic il y avait, brûlait surtout de coincer le Dr Hatzfeld.

Chacun avait sa motivation perso.

Celle de Marie restait partiellement obscure à mes yeux. Sa curiosité et son obstination nous étaient connues. Mais avec la déprime qu'elle tenait… Je pensais, moi, que les propositions galantes du Dr Hatzfeld lui inspiraient une telle répugnance qu'elle cherchait une raison valable à son propre comportement. Peut-être pensait-elle à l'avenir, à la solitude qui l'attendait si elle continuait à repousser les avances des mecs. De toutes façons, les chercheurs, ça rationalise à tour de bras. Après coup, naturellement. Et sans profit pour personne, la plupart du temps.

Pour Tournebise, un bosseur acharné, qu'aucune besogne ne rebutait, le moment était probablement venu de faire un coup d'éclat, de récolter enfin ce qu'il semait depuis qu'il avait réussi le concours d'inspecteur. Mettre à bas un truand de l'envergure du Dr Hatzfeld, qui, selon Marie, réussissait à rouler dans la farine une tapée de sommités du monde médical, c'était le pied.

Elle le persuada d'abord que le Dr Verhaegen avait

menti, à la morgue, et que le cadavre d'une des jeunes filles de Vannes était forcément celui de Linda.

— Elle est gonflée ! me dit alors Tournebise. Elle m'a affirmé que le Dr Hatzfeld n'avait pas hésité à tuer aussi une passante qui n'avait aucun lien avec la drogue, justement pour faire croire à des crimes en série. Ce qui expliquerait le deuxième cadavre. Qu'en penses-tu ?

— Ecoute, elle exagère sûrement. Mais Verhaegen, d'après Le Fichant, est un sale con. Demande donc à la police de Funchal de contacter le dentiste de la famille Rodrigues. Avec un peu de chance, on pourra vérifier, sur des radios dentaires, que la duchesse se fourre le doigt dans l'œil.

Ils enrageaient tous les deux qu'on ne puisse pas aller voir de plus près dans les dépendances de NéoFarma.

Par la suite, Tournebise me raconta tout, et ça ressemblait à peu près à ça :

— L'ennui, disait Marie d'un air innocent, c'est que si l'on y va à la nuit tombée, le Dr Hatzfeld y sera peut-être. Et si on y va pendant la journée, il y a cette brute d'Alonso…

— Madame Lafitte ! On dirait que ça vous démange d'y aller voir !

— Mais vous aussi, Lieutenant ! Avouez-le !

Il prit un air digne :

— De toutes façons, NéoFarma est sur le territoire du major Kertanguy, dit-il.

— Oui, mais le major Kertanguy marche la main dans la main avec le lieutenant Alban, si j'ai bien compris, dit Marie.

— Heu…

— Aurait-on le temps d'y faire un tour rapide ? Votre voiture n'a pas l'air d'une voiture de police… Et je me cacherai pour qu'Alonso ne me voit pas… Lieutenant, je vous en prie, je ne tiens pas de place !

— Tu sais ce qu'elle a ajouté ? me demanda alors Tournebise.

— Ben… Non…

— Elle a dit : "Je peux tenir dans un tout petit placard, ou dans votre poche !"

— Tournebise ! Tu inventes !

— Alban, je n'invente rien. Et j'ai répondu : "Pour l'instant, Madame Lafitte, j'ai ordre de m'occuper du dossier de Linda Rodrigues. J'attends un fax de Funchal cet après-midi…"

Il avoua ensuite que l'idée de Marie lui trottait dans la tête. Il s'était arrangé avec les hommes de Kertanguy pour qu'ils convoquent Alonso à la gendarmerie d'Auray le lendemain matin, sous le prétexte de vérifier les cartes de séjour de ses pensionnaires.

— Et tout de suite après, tu as appelé Marie Lafitte pour prendre rendez-vous avec elle ? Tu n'es qu'un irresponsable !

— Alban ! On n'était pas trop de deux pour chercher ! Le Fichant est débordé, Guillou court les salles d'attente. Que voulais-tu que je fasse ?

Quand ils furent assis dans la voiture, Tournebise dit à Marie qu'il avait réussi à joindre l'inspecteur Clausen à Luxembourg. Il savait ainsi que le Dr Hatzfeld était au chaud, à sa consultation.

— On a le temps, alors ? dit Marie, les yeux brillants.

Tournebise fit démarrer la voiture sans répondre.

— Et Alonso ? demanda-t-elle.

— Mes collègues d'ici ont promis de l'occuper un moment avec diverses paperasses. Mais il faudra faire vite…

Il était 9 heures 30 quand ils arrivèrent devant le bâtiment NéoFarma. Il n'y avait pas un chat en vue. Tournebise dissimula la voiture comme il put à l'arrière de l'aile ancienne. La haute entrée en arcade des écuries était condamnée par d'énormes madriers disposés en X sur la porte. Des gravats et des tonnes de matériaux encombraient les abords des fenêtres.

Pour gagner du temps, ils se séparèrent à l'extrémité du bâtiment et examinèrent chacun un côté de façade. Ils se retrouvèrent au pignon, bredouilles, changèrent de côté.

Marie parcourait la façade Nord. A certains endroits, elle était obligée de se hisser sur des tas de gravats glissants pour approcher les murs. Ce qu'elle voulait voir de près, c'étaient les petites baies rondes qui devaient, à l'origine, éclairer les stalles. Elle réussit enfin à monter sur une pile solide de madriers et à jeter un coup d'œil à l'intérieur. Mais elle ne voyait que des cartons… Elle redescendit, continua à chercher. Elle aperçut enfin un énorme tas de sable. Le côté était piétiné, presque solide, dessinant une ébauche de chemin allant jusqu'au mur. Tournebise n'a sûrement pas laissé toutes ces traces, se dit-elle. Elle suivit les traces. Le tas de sable n'était pas accolé au mur... Derrière le tas de sable, il y avait encore une fenêtre ronde, qu'elle ne pouvait atteindre...

Elle resta un moment indécise. Passant ses doigts sur le mur à l'aplomb de la fenêtre, elle découvrit un large panneau qui sonnait creux. Regardant de plus près, elle vit qu'il était en bois ou en contre-plaqué recouvert de ciment, avec un mince parement de pierres. Elle leva la tête : la fenêtre était pareille aux autres, mais neuve. Elle était habilement incluse dans le panneau. C'était une porte qu'elle avait trouvée...

Elle revint au pignon, où l'attendait Tournebise, la mine déçue. Elle l'entraîna pour lui montrer sa découverte.

Ils ouvrirent sans difficulté, avec un long pied de biche qu'ils trouvèrent posé, comme par hasard, le long du mur, un peu plus loin.

Ils avaient trouvé le laboratoire.

Il fit un tour rapide pendant que Marie fouillait dans les cartons entreposés dans un coin. C'était plein de drogue. Ils remirent le panneau en place, reposèrent le pied de biche au même endroit, repartirent vers la voiture...

Ils devaient franchir un espace à découvert, visible de l'allée qui conduisait à la porte de NéoFarma.

Leur malchance fut que la voiture d'Alonso pointa son nez au même moment.

Alonso en sortit comme un taureau furieux et les chargea, fonçant sur Marie à la dernière minute. Il la saisit par le cou, hurlant à Tournebise qu'il allait la tuer. Tournebise sortit son revolver, le pointa sur Alonso qui lâcha sa proie. Tournebise cria alors à Marie de filer à la voiture et de mettre le moteur en marche, lui lançant ses clefs. Il fit reculer Alonso jusqu'à la porte d'entrée, puis dans le hall, l'enferma à double tour dans son bureau, puis ressortit en courant. Marie avait avancé la voiture jusqu'à l'allée. Il s'apprêtait à sauter dedans quand une autre voiture arriva, bloquant l'allée.

Tournebise eut le temps de voir qu'elle était immatriculée au Luxembourg. Deux hommes en sortirent, un grand et un petit. Marie cria au lieutenant :

— Ce sont sûrement les types qui sont venus à la maison ! Un grand et un petit !

Le petit arracha Marie de son siège. Le grand, qui avait ramassé une barre de fer sur les tas de matériaux au bord de l'allée, barra la route à Tournebise. Il n'eut pas le temps de sortir à nouveau son revolver. Il évita la barre de fer de justesse, en faisant un bond sur le côté. Du coin de l'œil, il voyait Marie qui se débattait. L'homme qui la tenait poussa un cri. Elle lui échappa, courut vers eux.

— Partez, Madame Lafitte, hurla Tournebise, en essayant de sortir à nouveau son revolver tout en échappant aux moulinets de la barre de fer.

Mais elle ne s'arrêta pas. Il la vit sauter comme un chat furieux sur l'épaule de l'homme à la barre de fer, pesant sur son bras. Tournebise arracha la barre... Mais l'homme saisit Marie et s'en servit comme d'un bouclier. Tournebise hésita. Marie cria :

— Attention ! Derrière !

C'était trop tard. Il reçut un coup sec sur la nuque et s'écroula inanimé.

Quand Tournebise se réveilla, il était par terre dans l'obscurité. Il porta une main à sa nuque et poussa un cri. Il se releva avec précaution, essaya de marcher. Ça allait à peu près. Il examina les lieux. C'était un soubassement, muni de soupiraux grillagés placés très haut. Il se demandait avec angoisse où était Marie, et dans quel état, quand il entendit un léger bruit. Il alluma son briquet et se dirigea vers le coin d'où venait le bruit. Elle était couchée sur un côté. Quand elle vit Tournebise, elle essaya de se relever, poussa un cri, retomba sur le côté. Tournebise s'agenouilla, l'adossa au mur avec précaution.

— Je crois que j'ai l'épaule gauche démise. J'étais couchée dessus, c'était horrible. Merci.

Son bras gauche pendait, comme paralysé. Tournebise vit du sang sous le bras. Il essaya de lever le bras tout doucement. Elle poussa un hurlement.

— Il faut voir ce que vous avez aux côtes. Mais il faudrait que je vous replace l'épaule d'abord.

Elle ferma les yeux, hochant la tête.

— Je vais vous faire mal, mais cela ira nettement mieux après, dit Tournebise.

Elle perdit connaissance quand Tournebise remit son épaule en place d'un coup sec. Il en profita pour examiner le dessous du bras. Il y avait une vilaine plaie ouverte à la base des côtes.

Il commença à lui donner des claques sur les joues. Elle ouvrit les yeux et dit :

— Vous m'avez fait très mal !

Puis elle vit la plaie et dit :

— Heurk ! Vous savez ce que c'est ? Ils vous ont porté dans la cave, mais moi… Alonso m'a démis l'épaule en me traînant, et jetée dans un coin comme un paquet. J'ai atterri sur cette traverse en fer… Encore heureux que je n'aie pas atterri sur la tête…

Ayant rallumé son briquet, Tournebise parcourut la cave, trouva un lavoir surmonté d'un antique robinet en cuivre. Avec son mouchoir, il lava la plaie. Puis il ôta sa veste et sa chemise, et lui fit un pansement avec sa chemise pour resserrer les bords de la plaie. Marie avait une écharpe. Il s'en servit pour lui soutenir le bras.

— Merci, Lieutenant, vous avez des talents extraordinaires, dit-elle.

— Je suppose que nous sommes dans la cave de la maison ? demanda Tournebise.

— Oui. Alonso devait avoir peur que les jeunes filles nous voient en rentrant du travail.

Tandis qu'ils scrutaient la cave, en quête d'un moyen de s'évader, j'étais chez le juge d'instruction. Je lui avais apporté les dépositions de Marie et d'Alonso dès qu'elle avaient été prêtes. J'essayais de persuader le juge qu'il fallait perquisitionner route de Penboc'h sans attendre de retrouver le soi-disant propriétaire, Johannes Wiltz. Le juge résistait. Au beau milieu d'une discussion âpre, le téléphone sonna. C'était l'adjoint de Kertanguy qui voulait me parler. Il raconta d'un ton penaud comment ses collègues et lui avaient aidé Tournebise qui voulait aller jeter un coup d'œil à Arradon. Ils avaient retenu Alonso autant qu'ils avaient pu. Mais maintenant, celui-ci avait quitté le commissariat depuis trois quarts d'heure.

Tournebise ne les avait pas rappelés comme il avait promis de le faire. Ils étaient inquiets, d'autant que Tournebise était allé là-bas avec Marie...

Je restai un instant muet de fureur.

Le juge, mis au courant de l'initiative de Tournebise, commença par tempêter, parla de sanctions exceptionnelles, de mise à pied pour tout le monde... Le commissaire Cazaubon serait averti imédiatement...

Je plaidai la jeunesse de Tournebise, sa fougue, je suggérai que Marie n'avait pas toute sa tête, qu'elle faisait des choses terribles, qu'il avait probablement été obligé de la suivre pour la protéger...

Il céda brusquement.

J'avais mon mandat de perquisition.

Une demi-heure après, la propriété d'Arradon était cernée, le parc investi par les hommes de Kertanguy.

Le Fichant et moi arrivâmes quelques secondes plus tard.

Nous trouvâmes la voiture de Tournebise garée derrière les écuries, et Alonso en train de boire de la bière en compagnie de deux inconnus. Interrogés rudement, les trois hommes refusèrent de parler. Ils n'avaient vu personne, ils ne savaient pas à qui était cette voiture… On trouva un sachet d'héroïne dans la chambre d'une des jeunes Portugaises. Elle finit par craquer, avouant seulement qu'elle se droguait depuis un mois parce qu'elle était malheureuse loin de sa famille. C'était de la faute d'Alonso qui lui avait proposé de lui remonter le moral en lui offrant la drogue…

Après avoir cherché nos deux oiseaux partout dans les dépendances, le major lança ses hommes vers la maison. Un serrurier vint à bout de la porte d'entrée.

On surprit Tournebise et Marie dans la cave. Même le major rit en voyant Marie perchée sur les épaules de Tournebise devant un soupirail. Un bras en écharpe, elle était tranquillement en train de limer le grillage avec ce qui ressemblait à une lime à ongles. Elle avait déjà détaché tout un côté. Le soupirail donnait sur l'arrière de la maison. Ni l'un ni l'autre n'avait entendu les voitures de police…

Un torrent de reproches s'abattit ensuite sur les deux coupables. Kertanguy, sûrement furieux que ses hommes aient aidé Tournebise en catimini, et qui voulait m'en remontrer, n'y alla pas de main morte. Il dit à Tournebise que sa conduite irresponsable allait lui coûter sa carrière, prétendit qu'il irait lui-même parler au juge…

Quant à Marie, il allait aviser sa famille qu'elle devait être mise sous tutelle…

— C'est moi qui ai demandé à venir jeter un coup d'œil ici, coupa Marie, mais le lieutenant Tournebise a réussi…

Tournebise, qui n'avait pu placer un mot jusque-là, dit d'un ton sec que Marie avait trouvé l'entrée du laboratoire de drogue.

Incrédules, Kertanguy et sa troupe envahirent à nouveau les dépendances, ouvrirent le panneau derrière le tas de sable…

Ce ne fut que bien plus tard qu'on s'intéressa aux plaies et aux bosses des deux complices. Ils furent conduits à l'hôpital d'Auray, où ils tombèrent, comme par hasard, sur le Dr Colomban. Au grand étonnement de Tournebise, il était tout souriant, et le félicita pour ses talents de rebouteux. Cela mit du baume au cœur de mon coquin, qui, au fond, était ravagé par le remords d'avoir exposé notre toupie aux pires dangers.

Mais il fallut recoudre la plaie de Marie, vérifier qu'elle n'avait pas de côtes cassées… Elle supporta stoïquement tous les soins, je dois dire. Elle eut un malaise ensuite. Le médecin voulut la garder en observation, mais elle refusa net. Ses amis seraient trop inquiets si elle ne rentrait pas dès ce soir. Les pauvres en avaient tellement vu… Si le lieutenant Tournebise était assez bien pour rentrer chez lui, elle aussi. Elle eut gain de cause.

Il nous fut impossible d'échapper à une petite

réunion à la gendarmerie d'Auray, organisée en l'honneur des deux larrons. O surprise, Kertanguy lui-même avait apporté du champagne.

Je pensais vilainement qu'il voulait récupérer toute l'affaire, maintenant qu'elle avait pris un tour fructueux.

Mais Sarah dit quelquefois que j'ai l'esprit chagrin… Ce n'était peut-être pas un mauvais homme… Quand ses acolytes lui réclamèrent une chanson, je pensais que nous allions avoir droit aux pires paillardises… Ou alors carrément au répertoire de Mireille Mathieu, ou de Tino Rossi…

Mais à quoi pensait-il donc ? Il chanta :

C'était un petit cheval blanc
Tous derrière, tous derrière
C'était un petit cheval blanc
Tous derrière, et lui, devant…

La voix du lieutenant, basse et rauque, les mots mélancoliques, me donnèrent le frisson…

XII

Sur la route du retour, Marie retomba dans un méchant blues. C'est vrai que je lui faisais la gueule, mais je ne disais rien, je vous jure. Ces deux-là, ils y auraient droit dès qu'ils seraient reposés…

L'enquête, ruminait-elle tout haut, est loin d'être résolue. Le Dr Hatzfeld court toujours… La découverte du laboratoire n'avance à rien finalement. Au contraire… Le ou les chimistes sont maintenant avertis… Le juge d'instruction avait bien raison d'empêcher la perquisition. Il a eu la main forcée, à cause de moi…

— Lieutenant, me demanda-t-elle brusquement, vous croyez que le chimiste de NéoFarma travaille la nuit ?

— Probablement.

— Comment va-t-on le retrouver ? Il est sûrement averti de la perquisition maintenant. Il va s'échapper.

— Madame Lafitte, j'y ai longuement réfléchi. Après cette saisie spectaculaire de drogue, le juge nous est acquis, c'est sûr. Et Kertanguy va se remuer. Je vais enfin avoir les moyens que je demande. Vu la taille importante du laboratoire, il y a probablement plusieurs chimistes… Ces chimistes n'ont pu passer inaperçus dans le voisinage. Les aéroports, les gares et les routes sont déjà sous surveillance. On va les retrouver.

— Et Wiltz ?

— On fait des recherches. Quant au Dr Hatzfeld, tant qu'il est à Luxembourg, Robbie Clausen l'a à l'œil.

Nous la déposâmes chez les Vogelweith. Tournebise l'accompagna, histoire de lui remonter le moral.

Il me raconta après que Jochen s'était surpassé :

— Un Prussien, je te dis ! Quand il a vu son bras en écharpe et son corsage déchiré et sanguinolent, il s'est mis dans une colère bleue, lui a dit qu'il l'enfermerait dans sa chambre, qu'il avertirait ses frères... A moins que ce petit con d'inspecteur Alban - si, il a dit ça - ne se décide à la faire inculper pour obstruction à la marche de l'enquête. Lui-même ne voulait plus être responsable d'elle... Lisa et moi, on a essayé de le calmer, mais, à vrai dire, je n'ai pas pu en placer une.

Le lendemain, Lisa nous téléphona. Marie était couchée, incapable de prononcer un mot, inerte. Elle refusait de parler au téléphone à qui que ce soit, même à Charles, son presque-jumeau, son frère préféré.

Ça dura plusieurs jours. Jochen, apparemment pris de remords, lui apportait ses repas dans son lit. Mais la duchesse avalait que dalle. Il parlait d'hospitalisation, de cure de sommeil...

Tournebise, consterné, n'arrivait pas à croire que

quelqu'un d'aussi courageux soit brusquement tombé en morceaux. Si tu l'avais vue, Alban, à Néo-Farma ! Un chat sauvage ! Elle a d'abord mordu son agresseur ! Après, elle a attaqué le type à la barre de fer ! Cette brute de Jochen a un effet désastreux sur elle. Lisa devrait bien comprendre ça. Est-ce qu'on ne peut pas la conduire chez elle à Lamothe-Saint-Léonard ? Ou alors l'emmener chez sa sœur ? Alban, je vais demander le numéro de téléphone de sa sœur…

Je le calmai.

— Elle est bien là où elle est. Il faut une poigne de fer, pour une toupie comme…

— Tu es injuste, Alban !

— Tout ça, c'est de ta faute, ne l'oublie pas. Alors tais-toi. Pour te racheter, voilà ce que tu vas faire…

Nous avions besoin d'un portrait-robot du Dr Hatzfeld. Celui que nous avions composé ne ressemblait à rien, malgré nos efforts.

Marie, elle, savait dessiner.

Je tentai donc une percée en envoyant Tournebise à Auray, sans prévenir les Vogelweith, à un moment où je savais que la femme de ménage serait là pour ouvrir la porte. Tournebise avait soigné l'épaule de Marie. Elle ne pouvait pas le rejeter.

Admis au premier étage par la femme de ménage, Tournebise frappa à la porte de la chambre. N'entendant pas de réponse, il entra. Il fut consterné par l'air absent de la malade.

— Eh bien, Madame Lafitte, qu'est-ce qui vous

prend ? dit-il. Vous ne vous remettez pas de notre expédition ? C'est votre épaule qui vous tracasse ? Montrez-moi cela.

— Oh ! Lieutenant Tournebise ! Oh !... C'est vous ! Vous n'avez pas eu d'ennuis, alors ?

— Madame Lafitte ! Vous et moi, sommes des héros, savez-vous ! Le major ne jure que par nous !

— Ce n'est pas possible !

— Mais si ! Alors, ce bras ? Pourquoi est-il encore en écharpe ? Il faut le bouger.

Tournebise prit le bras de Marie et le manipula dans tous les sens.

— Vous voyez que vous n'avez pas mal ! Vous pouvez couper votre beefsteak seule, maintenant !

— Lieutenant, je n'arrive plus à avaler quoi que ce soit, dit-elle d'un air piteux.

— Si je vous faisais cuire un petit quelque chose ? Où est la cuisine ?

— C'est la porte à côté. Mais ce n'est pas la peine, rien ne passe.

— Ecoutez, Madame Lafitte ! Le lieutenant Alban a un service à vous demander. Mais vous ne serez bonne à rien si vous ne mangez pas d'abord.

— Ah ! Bon !

Elle avait l'air vaguement curieux.

Tournebise trouva la cuisine, explora le réfrigérateur, hacha du persil, de l'oignon, coupa en morceaux des pommes de terre déjà cuites, fit des croûtons frits, battit des œufs...

Il revint avec un plateau où fumait une omelette

ronde, dorée et épaisse. Il avait mis deux couverts, deux petits pains coupés en deux et beurrés. Les serviettes en papier étaient pliées en forme de grenouilles. Il apporta ensuite des verres et une bouteille de Bordeaux entamée.

Tout en parlant à Marie du portrait-robot, et en mangeant lui-même avec entrain, son assiette posée sur ses genoux, il lui servit successivement plusieurs petites bouchées d'omelette, qui eurent l'air de passer comme des lettres à la poste.

— Lieutenant, vous êtes un magicien ! Je suis sûre que vous avez des enfants, dit-elle en montrant la serviette pliée qu'elle n'avait pas voulu défaire.

— J'ai un fils de trois ans. Ma femme a du mal à le faire manger. C'est moi qui m'en occupe, le soir. Alors, ce portrait-robot, comment le trouvez-vous ? dit Tournebise en resservant subrepticement Marie.

— La ligne des cheveux n'est pas comme elle devrait. Est-ce que je peux donner un petit coup de crayon ? Et les yeux sont plus rapprochés...

— Vous allez boire un peu de Bordeaux. Je vous apporterai de quoi dessiner après.

Après le Bordeaux, elle voulut se lever. Ils allèrent s'installer à la table de salle à manger et elle refit entièrement le portrait du Dr Hatzfeld.

— Quand Jochen et Lisa sont arrivés, ils ont eu l'air stupéfait, conclut Tournebise. Nous bavardions comme des pies en sirotant le reste du Bordeaux. Jochen est devenu tout gracieux.

Je dois dire qu'elle m'a eu, Madame Lafitte, avec

son dessin. Ce n'était pas un portrait-robot. Pas une photo non plus. Elle avait dessiné le Dr Hatzfeld comme elle l'imaginait. La forme du visage, la ligne des cheveux, du nez, étaient presque floues. Un bel homme quelconque. Mais les yeux, clairs et froids, la bouche charnue, étaient tracés avec force. L'expression narquoise du personnage vous donnait les boules.

Etait-elle clairvoyante, ou en proie à des cauchemars personnels ?

Jochen et Lisa, ainsi que Tournebise, étaient enthousiastes. Mais de parti pris…

Pour avoir un avis supplémentaire, je montrai les deux portraits à Sarah.

Elle ne reconnut pas le médecin sur le premier portrait-robot. Mais le dessin de Marie la fascina.

— Qui dessine comme ça, chez vous ? demanda-t-elle. C'est génial ! Alors, c'est donc lui, le truand de la bande d'Auray ?

— Tu l'as reconnu ?

— Evidemment ! C'est le Dr Machin. Celui qui est venu au concert avec nous. Eh bien, je suis contente que ce ne soit pas elle qui…

Elle ne finit pas sa phrase.

Le Dr Hatzfeld menait toujours la grande vie à Luxembourg et Clausen ne croyait pas à sa culpabilité. L'histoire de la séquestration de Marie lui paraissait invraisemblable. Quelques investigations discrètes dans les cabinets médicaux de Luxembourg n'avaient rien révélé de suspect.

Depuis la découverte de drogue chez le Dr Weber, rue Sombreuil, Guillou et les autres avaient fait chou blanc.

C'est vrai que je croyais de moins en moins à la folie de Marie. Mais Clausen avait des arguments. Le Dr Hatzfeld avait fait l'objet d'une enquête sérieuse. Ses traitements avaient une grande réputation. Il devait refuser du monde à sa consultation. On l'appelait fréquemment dans des hôpitaux, au Grand Duché et à l'étranger, pour guérir les états de choc, les dépressions nerveuses, les maladies psychosomatiques. Il gagnait tout ce qu'il voulait. Pourquoi aurait-il organisé un trafic de drogue ?

Marie était venue encore une fois boulevard Nominoé pour rédiger avec Tournebise une déposition sur leurs aventures à NéoFarma.

— Lieutenant, me dit-elle quand j'arrivai dans le bureau, j'ai hésité à accuser le Dr Hatzfeld. Mais qui m'a droguée dans la maison si ce n'est pas lui ? Et s'il m'a droguée, c'est pour m'empêcher de m'échapper... J'en savais trop pour sa tranquillité, sûrement. Le laboratoire est certainement à lui.

Moi, je pensais à l'autre raison qui pouvait avoir poussé le Dr Hatzfeld à séquestrer une femme, mais je la laissai continuer. Marie poursuivit avec un peu d'hésitation :

— Le Dr Hatzfeld désire peut-être l'argent pour le pouvoir qu'il donne. Mais c'est aussi un amateur d'art éclairé. Sur ce point, on pourrait demander son avis à l'antiquaire d'Auray, ou à ceux de la place des

Trois Glands à Luxembourg... Je pense que la passion du Dr Hatzfeld pour les objets d'art explique en partie ses besoins d'argent.

Vous avez vu aussi comment il a restauré la maison ? En quelques mois !

Et puis Jochen a appris... qu'il avait la réputation d'être... amateur de femmes, et qu'elles lui tombaient dans les bras comme des... Tout cela coûte cher, non ?

Elle avait un air tellement solennel que Tournebise et moi, on a eu le fou rire. Vous le croirez, si vous voulez, elle a fini par rire aussi.

Dix pour elle ! me dit Tournebise après son départ.

Alonso était comme une bête furieuse. On ne put rien en tirer. Il niait avoir eu connaissance du laboratoire au milieu des gravats. C'était déjà dans cet état quand je suis arrivé, prétendait-il. J'ai eu des instructions très sévères de monsieur Wiltz. Personne ne devait approcher le chantier. C'est pour cela que j'ai mis la pancarte.

En attendant, grâce au témoignage de la jeune Portugaise qui avait commencé à se droguer, il fut inculpé d'incitation de mineure à l'usage de stupéfiants, faute de mieux.

Quant aux deux truands qui avaient attaqué Tournebise et Marie, Da Silva, le petit, était portugais, et Vanhorenbeeck, le grand, belge. Ils habitaient tous deux Luxembourg, naturellement. Ils passaient par là, étaient venus dire bonjour à Alonso. Ils continuaient à prétendre qu'ils n'avaient rien vu.

Comme j'avais deux témoins, Tournebise et Marie, on boucla les deux truands pour violences et voies de fait.

Ils n'avaient pas d'alibi probant pour la nuit où Marie avait été attaquée dans la maison de ses amis. On les fit parler au téléphone. Marie reconnut formellement leurs voix.

XIII

A ce stade, il fallait bien reconnaître l'existence d'un lien entre Luxembourg et le laboratoire de drogue à Arradon. Le Dr Hatzfeld était-il ce lien ? Jochen et Lisa disaient qu'ils le rencontraient depuis un certain temps à tous les congrès médicaux en France. Mais était-ce un argument en sa défaveur ? Après tout, Jochen et Lisa eux-mêmes faisaient des allers et venues fréquentes entre Auray et le Grand Duché...

Il avait été finalement convoqué chez le juge d'instruction à Vannes, pour répondre à la plainte déposée contre lui par Marie. Il ne daigna pas se déplacer, et se fit représenter par un avocat français connu, un spécialiste souvent employé par des politiciens aux abois. Très cher.

Ça prouvait au moins qu'il prenait l'affaire au sérieux.

L'avocat mit en avant l'alibi de son client et insinua, comme prévu, que Marie avait la tête dérangée. Le lundi après-midi fatidique, le Dr Hatzfeld était à son cabinet à Luxembourg jusqu'à 19 heures, et recevait des clients. Quels étaient ces clients ? L'avocat cita plusieurs noms.

Ce qui attira notre attention, c'est qu'il y avait parmi eux un médecin de Vannes, le Dr Peters, venu consulter à Luxembourg. Aussi une certaine madame Da Silva.

— Alibi, mon cul, dit Tournebise. J'ai vérifié. Le Dr Peters est sûrement un témoin de complaisance. Il fait partie de l'Association des Ostéopathes Mosellans. Quant à madame Da Silva, c'est la femme du petit Portugais que Marie Lafitte a mordu. Clausen va la cuisiner. On a dû lui graisser la patte, ou lui promettre un avocat gratuit pour son mari…

Et puis, brusquement, les choses se précipitèrent.

Les jeunes Portugaises connaissaient Eléna et Linda, qui avaient habité route de Penboc'h. Quand elles apprirent que l'une avait été étranglée, et que l'autre avait disparu, malgré leur terreur, elles finirent par parler. Elles n'avaient plus de logement, de toutes façons, et la perspective de retourner chez Papa et Mama au Portugal, la honte au front, n'était pas réjouissante.

Espérant obtenir l'indulgence du juge, elles livrèrent sans scrupule le nom du médecin qui les avaient incitées à distribuer de faux médicaments NéoFarma, par le biais de leurs employeurs. C'était le Dr Verhaegen.

Elles étaient toutes passées par ses mains avant d'être lancées sur le marché du travail. On leur avait d'abord dit qu'il s'agissait d'anti-inflammatoires. Comme elles habitaient ensemble à NéoFarma, et qu'elles discutaient de tout entre elles, elles avaient vite fini par comprendre de quoi il retournait. D'un commun accord, elles n'avaient rien dit.

On leur demanda pourquoi il n'y avait pas trace de drogue chez leurs employeurs. Elles répondirent en chœur qu'Alonso leur avait donné l'ordre de cesser la distribution dix jours auparavant.

Leurs employeurs, comme les Vogelweith, tombaient des nues quand ils furent convoqués boulevard Nominoé. Ils ne s'étaient aperçus de rien. Ils eurent la frayeur de leur vie en mesurant leur responsabilité involontaire dans une affaire aussi grave. Sans leur faire confiance tout à fait, on joua sur leur peur maladive du discrédit. Au moins ceux-là feraient plus attention, à l'avenir...

Ils connaissaient tous le Dr Verhaegen. Si complaisant, celui-là... Il s'était donné le mal de leur indiquer l'agence d'Arradon, pour le personnel de maison. Et le Dr Hatzfeld ? Oui, bien sûr. C'était un professeur de renommée mondiale...

Je nous voyais mal partis pour reconstituer un réseau de distribution crédible.

Mais Guillou avait, au fond, la même obstination que Marie. D'ailleurs, ça l'amusait de se glisser dans les salles d'attente et de guetter le moment propice pour farfouiller en catimini dans les coins.

Il faut vous dire que la moyenne d'âge, dans notre commissariat, est peu élevée. Même en comptant le commissaire qui va avoir quarante et un an...

Guillou avait d'abord eu l'idée d'emmener avec lui le chien d'un de ses amis, une créature jaune à poil dur, à sourcils broussailleux, qui mordait sournoisement tout ce qui passait à sa portée. La bête, affirmait-il, était une merveille pour les truffes. Donc pour la drogue.

Il avait dû renoncer. On ne voulait pas de son découvreur de truffes dans les salles d'attente.

Bref, sans sa bête du Gévaudan, mais toujours muni de sa liste, il mit quand même dans le mille. Trois fois.

Comme Marie, il trouva d'abord une boîte vide NéoFarma chez un rhumatologue près de la gare de Vannes. Le labo confirma qu'il y subsistait des traces de cocaïne.

Encouragé, il continua sa quête. Chez les deux médecins suivants, en banlieue, les boîtes étaient pleines, les femmes de ménage portugaises... Alonso n'avait probablement pas pu les prévenir...

Les trois médecins et le Dr Weber, convoqués le même jour, mais interrogés séparément, ne parlèrent pas. Je les mis en garde à vue.

Nous savions que le Dr Weber avait de lourdes traites à payer pour rembourser son installation. Le rhumatologue de la gare avait entrepris la construction d'une clinique privée. Un des autres médecins était un flambeur invétéré. L'autre nous inspira presque de la pitié. Divorcé, il payait à son ex-femme une pension alimentaire à tuer un bœuf, et assumait entièrement la charge de son fils aîné handicapé dans une clinique de luxe.

Ils finirent tous par avouer avoir touché pas mal de

fric pour fermer les yeux sur la distribution de drogue dans leur salle d'attente.

Ils ne se sentaient pas responsables. Leurs clients étaient libres, après tout…

Ce qui nous intéressa, ce fut d'apprendre que tous ces médecins avaient un lien, familial ou autre, avec la Belgique ou le Luxembourg.

Qui les payait ? Ils n'avaient pas de nom à donner. C'était une voix au téléphone. L'argent arrivait régulièrement, en espèces, dans leur boîte à lettres.

Mais j'en arrive au Dr Verhaegen.

Il avait les nerfs en mauvais état depuis que l'équipe de la Vérification Approfondie de Situation Fiscale était installée chez lui.

On avait fini par recevoir de Funchal une radio dentaire de Linda Rodrigues. Malgré la mauvaise qualité du document, le Dr Armagnac fut formel. Le premier des cadavres de jeunes filles, découvert près du Jardin de la Préfecture, était bien celui de Linda.

Quand Le Fichant mit sous le nez du médecin la radio venant de Funchal et celle qu'avait faite le Dr Armagnac, nous vîmes qu'il avait pris un coup dans l'aile. Il reconnut qu'il nous avait abusés, à la morgue, pour ne pas être mêlé à une vilaine affaire. Il eut ensuite le culot de nous demander ce que ça lui coûterait. Sans répondre, Le Fichant lui demanda quels étaient ses rapports avec le Dr Hatzfeld.

— Le Dr Hatzfeld ? dit-il. Evidemment, je le connais ! Nous allons aux mêmes colloques, nous avons une spécialité proche. Vous savez, ce n'est pas très différent, la médecine manuelle, la fasciothérapie, l'ostéo…

— Pas de discours, Docteur, dit Le Fichant. C'est au colloque de Bruxelles il y a dix-huit mois qu'il vous a fait ses propositions ?

— Quelles propositions ?

Tournebise s'approcha d'un air teigneux :

— Vous ne vouliez pas savoir ce qu'il allait faire de Linda quand elle a décidé de quitter la France ? Elle avait le même âge que votre fille, non ? Vous avez envie que je vous fasse rencontrer ses parents ? Ils viendront de Madère chercher le corps de leur fille. Vous leur expliquerez tout, à eux, n'est-ce pas ? Ce sera plus facile.

— Jamais je n'aurais cru que le Dr Hatzfeld…

— C'est ce que vous avez fait qui nous intéresse, Docteur, pas ce que vous croyez. Vous avez accepté d'abord 200 000 francs, il y a dix-huit mois, ensuite 300 000 francs du Dr Hatzfeld. En liquide. Ça a servi à transformer votre yacht.

— Vous inventez ! Vous n'avez aucune preuve !

Le Fichant sortit le rapport des VASF, le brandit sous le nez du médecin.

— D'où vient l'argent alors ? Toutes les factures sont là.

Quand notre jeune auxiliaire entra et annonça que les parents de Linda étaient arrivés de Madère, il s'effondra tout d'un coup.

Après, on obtint de lui tout ce qu'on voulut. Il reconnut avoir été contacté par le Dr Hatzfeld, dix-huit mois auparavant, à un colloque à Bruxelles. Comme certains de ses collègues de Luxembourg, qu'il connaissait bien, il avait accepté des sommes énormes pour laisser Linda écouler la drogue chez ses propres clients. Aussi pour faciliter l'embauche d'Eléna Coelho, et d'autres jeunes Portugaises, chez des médecins prospères de Vannes et des environs.

Il pensait que la drogue était fabriquée au Grand Duché. Pour lui, NéoFarma, c'était un relais de distribution, et un centre de recrutement de personnel de maison.

Linda Rodrigues, était, d'après lui, une jeune fille naïve. Ayant gagné suffisamment d'argent, elle avait décidé de quitter la Bretagne pour s'installer dans son pays. Il n'avait pas cherché à l'en empêcher. Il était dangereux de la garder de force. Si elle est mécontente de son sort, qu'elle rentre à Madère. On en trouvera d'autres, s'était-il dit.

Avant de voir son cadavre à la morgue, il ne savait pas qu'elle était revenue à Vannes. Le Dr Hatzfeld avait dû la rappeler en lui faisant miroiter encore plus d'argent.

Quand la police était venue la première fois, il avait commencé à se tourmenter. Il avait cherché à gagner du temps, à la morgue. Mais il n'arrivait pas à croire que le Dr Hatzfeld ait pu faire exécuter la jeune fille…

Nous avions maintenant trois témoignages contre le Dr Hatzfeld, celui de Marie, qui avait recueilli ses confidences dans la maison jaune, celui du Dr Lombard qui reconnut le personnage qu'il avait aperçu à NéoFarma, grâce au fameux portrait dessiné par Marie, et celui du Dr Verhaegen.

Robbie Clausen et Kertanguy préférèrent pourtant ne pas l'arrêter tout de suite.

A Luxembourg, les médecins compromis avaient dû être avertis promptement que la distribution devait cesser. On n'avait pas trouvé de drogue dans les salles d'attente déjà examinées. Et pas trace de laboratoire.

Clausen se demandait quand même si le Dr Hatzfeld ne se préparait pas à filer à l'étranger. Il était en train d'essayer de revendre une vieille imprimerie qu'il avait achetée trois ans auparavant. D'après le notaire, il avait eu l'intention de la transformer en clinique, mais n'avait pas encore obtenu le permis de construire. L'imprimerie était située avenue de Hollerich, sur un grand terrain. Le gardien, un vieux bonhomme complètement sourd, avait laissé entrer les hommes de Clausen. La baraque ne contenait que des vieilles machines d'imprimerie. Le gardien disait qu'il était payé par le notaire, en attendant les travaux.

A Auray, Kertanguy voulait avoir davantage de preuves, et en particulier, détenir la certitude que NéoFarma appartenait bien au Dr Hatzfeld. Tant qu'Alonso ne se décidait pas à parler, et tant que le propriétaire officiel, Joannes Wiltz, n'était pas retrouvé, c'est vrai que nous n'étions pas sûrs de coincer notre criminel.

Je dus m'incliner devant leurs avis, malgré mes craintes et celles de Tournebise.

Ah ! Si notre divisionnaire avait été là…

J'avoue que je pensai à l'appeler pour qu'il fasse pression sur Clausen, qu'il connaissait bien, et sur Kertanguy, dont il n'aurait fait qu'une bouchée. Il faut dire que notre divisionnaire jouit d'un grand prestige auprès de ses collègues…

Après une réunion au sommet, avec Le Fichant, Tournebise et le Dr Armagnac, on a décidé de ne pas l'embêter, de lui laisser poursuivre son stage tranquillement. Il aurait fallu aussi mentionner Marie-Lafitte, naturellement, et les craintes que nous avions pour sa sécurité… Le Dr Armagnac, qui téléphonait souvent au Japon à son ami, nous dit que la mauvaise santé de Rosine, enceinte de plusieurs mois, préoccupait déjà suffisamment le commissaire.

Bref, je dus me contenter de surveiller discrètement Marie, tout en essayant de monter un dossier en béton contre le Dr Hatzfeld, et en recherchant activement les chimistes de NéoFarma.

Elle avait l'air plus serein depuis que la culpabilité du Dr Hatzfeld était établie. Evidemment, elle avait maintenant la preuve que son aversion pour le personnage était justifiée…

Ses vacances n'étaient pas terminées. Tournebise était chargé de surveiller la maison d'Auray, et il téléphonait régulièrement à Lisa, avec qui il s'entendait bien. Il apprit ainsi que Marie avait recollé toute la porcelaine cassée, nettoyé, reverni et capitonné à neuf le coffret à liqueurs de Jochen. Pour faire bonne mesure, ayant trouvé au grenier une ravissante petite vitrine 1900 en morceaux, elle l'avait entièrement remontée. Jochen, ce Hun, probablement vaincu, comme les autres, par son obstination et son ingéniosité, lui avait donné carte blanche pour faire remplacer les petites vitres de la façade du meuble, et un des pieds, en mauvais état.

D'accord, ça occupait Marie, tout ça, mais les mains seulement. Elle avait avoué à Tournebise que les travaux manuels les plus lents et les plus humbles lui procuraient une sorte de paix, favorable à la réflexion. Quand elle avait un problème difficile à résoudre, à l'ANR, elle rentrait à la maison et faisait l'argenterie. En général, ça marche, avait-elle dit, avec son air le plus sérieux.

Ça c'est moins bon, pensait lui-même Tournebise. Il craignait qu'elle ne se mette dans la tête de retrouver le cadavre de Joannes Wiltz, même s'il n'existait que dans son imagination aussi fertile que morbide.

Le mois précédent, Joannes Wiltz avait été identifié au Brésil, menant grand train. Il était ensuite rentré à Luxembourg, avait pris son courrier, avait disparu de nouveau. On ne l'avait pas revu à l'Hôtel des Remparts, où il avait pourtant laissé des bagages.

XIV

Un beau matin, Marie était partie dans sa petite voiture faire la tournée des ébénistes du Golfe. Les devis qu'elle avait demandés, à Auray, pour la restauration de la vitrine de Jochen, lui avaient paru exorbitants. Comme par hasard, elle avait deux adresses dans les parages de NéoFarma. L'une à la pointe d'Arradon, à Kerat, où elle passait souvent en voiture pour se rendre à sa plage favorite. L'autre à Arradon, à deux pas de la route de Penboc'h.

Elle commença par ces adresses-là, naturellement... Quand on cherche les ennuis...

Le premier ébéniste la découragea complètement. Pour avoir des vitres biseautées aussi petites, il fallait carrément commander à Saint-Etienne. La pose était délicate, à cause des motifs en bois à claire-voie qui empiétaient sur les panneaux vitrés. Comptez plusieurs milliers de francs, ma petite dame... Même plutôt le million... Ancien ? Oui naturellement... Et pour retrouver la teinte de bois pour le pied, alors là...

— Ah ! dit le deuxième ébéniste, rue Sainte-Bertille à Arradon, en voyant le dessin de la vitrine que Marie avait apporté, je connais bien ce genre de meuble. J'ai réparé deux fauteuils de même style, et une vitrine presque pareille, pour le 10 de la route à côté ! La vôtre est plus jolie. Plus tarabiscotée aussi. Ce n'est pas du citronnier, mais de la loupe de mûrier. Je vais voir s'il ne me reste pas un morceau de bois, pour le pied...

Quand le vieux monsieur émergea de son atelier avec un morceau de bois exactement de la même teinte que le pied de vitrine qu'elle avait apporté, Marie sourit.

— Vous allez pouvoir l'utiliser ? demanda-t-elle.

— Mais oui, Madame ! Et ça ne vous coûtera que la façon, parce que ce bois a déjà été payé par monsieur Wiltz !

— Ah ! Mais je désirerais le rembourser !

— Vous vous arrangerez avec lui, alors. Je peux en disposer comme je veux. C'est ce qui m'a été dit.

L'ébéniste promit ensuite de venir à Auray le lendemain pour chercher la vitrine. Marie lui demanda quand il avait vu monsieur Wiltz pour la dernière fois.

— Je l'ai vu il y a environ quinze jours, quand il est venu m'apporter un miroir à réparer.

— Il doit venir le rechercher bientôt ?

— Ces jours-ci, je pense. Le miroir est prêt. Il doit me téléphoner avant de venir.

— Auriez-vous l'amabilité de m'appeler quand vous saurez le jour où il doit venir ?

— Mais ce n'est pas nécessaire de lui rembourser ce morceau de bois...

— J'y tiens, dit Marie.

Il s'engagea à lui téléphoner.

Mais elle ne partit pas sans avoir obtenu une description approximative de monsieur Wiltz. Un homme très élégant, plutôt blond. Non, bien sûr que non, il ne porte pas de boucle d'oreille, dit le vieux monsieur en riant.

La première idée de Marie, en sortant de l'atelier, était qu'il fallait nous prévenir au plus vite que le Dr Hatzfeld viendrait peut-être récupérer son miroir. Elle chercha donc un endroit où téléphoner.

Comme il pleuvait, elle entra dans un café à côté de chez l'ébéniste. Retourner dans celui de la route de Penboc'h, où Alonso l'avait rattrapée, ne lui disait rien.

En attendant que la cabine téléphonique soit libre, elle s'assit à une table et commanda un café. Un jeune homme entra, s'accouda au bar.

— Sale temps ! dit le jeune homme. Pour une fois que je sors !

— Je te croyais malade, Georgen, dit le patron. On t'a plus vu depuis que les flics ont débarqué. Tiens ! J'ai un message pour Hentges. Tu sais où il est ?

— Chez lui, sûrement. Nous avons eu ordre de ne pas bouger. Mais je commence à me faire suer, à la maison. Tu as des nouvelles d'Alonso ?

Marie sortit précipitamment du café. Elle nous appela d'une cabine publique.

— Je crois que j'ai trouvé les chimistes, nous dit-elle, mais il faut faire vite, Lieutenant. Si le jeune homme quitte le café, je ne saurai peut-être pas le filer, je n'ai pas l'habitude…

Quand nous arrivâmes à Arradon, Marie nous guettait dans la rue, à proximité du café. Elle était trempée jusqu'aux os.

— Lieutenant, me dit-elle, j'espère que je ne vous ai pas dérangé pour rien. Le jeune homme n'est pas sorti du café, en tout cas…

C'est ainsi que, par hasard, nous arrêtâmes les chimistes de NéoFarma, Georgen, le jeune, et Hentges, le vieux. Dire qu'ils avaient au cul toutes les polices de France et de Navarre…

— Pas par hasard, dit Tournebise fermement. Tu vas lui payer un pot, à Marie, c'est moi qui te le dis. Du meilleur scotch. Avec des glaçons et du Perrier. J'y veillerai. Sinon, je me plains en haut lieu. J'irai jusqu'à téléphoner au Japon, s'il le faut. Les Stups l'ont dans le cul, exactement comme le commissaire voulait.

Toujours à chipoter, celui-là…

Georgen, qui se morfondait chez lui en attendant des ordres qui tardaient à venir, n'avait pu résister à l'envie de compagnie. Il s'était imprudemment hasardé dans le petit café de la rue Sainte-Bertille. C'était là que la bande avait ses habitudes. Alonso y recevait les messages de Wiltz ; Hentges et lui-même y commandaient leurs sandwiches avant de prendre leur travail de nuit à NéoFarma. Manque de pot, et faute de troupes, nous avions un peu négligé la surveillance de ce café-là, au profit de celui de la route de Penboc'h, juste en face de la grille aux corneilles…

Nous filâmes Georgen quand il sortit du café. On le chopa au moment où il frappait à la porte de Hentges. Il lui portait le message suivant : "Surtout ne pas bouger jusqu'à nouvel ordre. W."

Hentges avait déjà filé. La police des frontières le cueillit à Roissy. Il était en partance pour le Brésil.

Georgen, usé par l'attente, depuis la descente de police à NéoFarma, ulcéré de la défection de Hentges, qui lui avait presque tout appris en matière de drogue, ne résista pas trois jours aux interrogatoires. Hentges et lui avaient été engagés comme chimistes par Joannes Wiltz. Ils travaillaient alors ensemble dans un laboratoire pharmaceutique de Luxembourg, mais Wiltz leur avait proposé un salaire mirobolant pour s'expatrier. Ils n'ignoraient pas, bien sûr, quel genre de travail les attendait. Mais comme ils ne devaient s'occuper que de la fabrication de drogue, et n'avaient rien à voir avec la distribution, ils avaient la conscience tranquille. Wiltz leur avait d'ailleurs bien dit que la drogue était pour des malades riches, qui ne pouvaient s'en passer, et avaient les moyens.

Les deux hommes furent confrontés à Alonso.

Alonso, incrédule, les entendit l'accuser. C'était lui le distributeur de drogue. Pas eux. Ils ne faisaient que leur métier de chimiste. En outre, il brutalisait les jeunes Portugaises, les forçait à travailler pour lui. Alonso leur fonça dessus. On eut beaucoup de mal à le maîtriser.

Quand on leur montra le portrait du Dr Hatzfeld dessiné par Marie Lafitte, Georgen et Hentges, eux, reconnurent Wiltz.

— Alonso, Vanhorenbeeck et Da Silva ne vont pas tarder à craquer, dit Marie à Tournebise. Les rats quittent le navire. Si on trouvait le cadavre de Wiltz...

J'avais encore envie de la secouer. On aurait dit qu'elle cherchait à nous compliquer la vie, avec des hypothèses catastrophiques. Si Wiltz était mort, son cadavre pouvait être n'importe où, entre Luxembourg et Vannes. S'il était vivant, on le retrouverait plus facilement. Surtout avec sa boucle d'oreille...

Mais ni l'employé de l'agence d'Auray qui lui avait vendu la propriété, ni le notaire, n'avaient été capables de nous aider à composer un portrait-robot cohérent du bonhomme.

Sur ces entrefaites, un vendredi matin, Marie Lafitte, qui devait reprendre son travail le lundi suivant, décida de rentrer chez elle, à Lamothe-Saint-Léonard, près de Locminé. Tournebise, qu'elle avait poliment averti par téléphone, avait l'air tout retourné.

— Tu ne sais pas ce que tu veux ! lui dis-je. Tu trouves que Jochen la traite comme un chien, et maintenant tu te lamentes parce qu'elle va se retrouver toute seule ! Mais elle a l'habitude d'être seule !

— Je sais bien qu'elle en a l'habitude ! Elle veut remettre sa maison en état avant de reprendre son travail...

— Et alors ?

— T'es pas inquiet, toi ?

Je haussai les épaules.

— Tu ne crois pas qu'elle quitte Auray pour avoir les mains libres ? insista Tournebise.

Je ne répondis rien. Je la croyais capable de tout, à vrai dire…

Mais Tournebise et moi, on devenait peut-être un peu paranoïaques. Pire, on tournait mères poules. Même moi.

Ça allait être coton pour la surveiller. Lamothe-Saint-Léonard, ce n'est pas la porte à côté…

Je téléphonai aux gendarmes de Locminé. Des amis, ceux-là. Nous avions collaboré à plusieurs reprises. On me promit des rondes à Lamothe-Saint-Léonard, pour ce que ça valait… L'adjudant-chef Perrault avait un ton vaguement ironique. C'est qu'il connaissait bien Marie, lui aussi…

Nous ne croyions pas vraiment que le Dr Hatzfeld oserait aller chercher son miroir chez l'ébéniste d'Arradon.

— J'ai demandé à le voir, ce miroir, avait dit Marie. Vous savez que c'est encore un Gallé ? Un bijou… L'ébéniste dit que Gallé a fait très peu de miroirs. Lui-même l'évalue à soixante mille francs, à vue de nez. Le Dr Hatzfeld ne va pas le lâcher si facilement…

— Mais il a tout l'argent qu'il veut, dit Tournebise.

— Et le plaisir de posséder une pièce peut-être unique, qu'en faites-vous, Lieutenant ?

Le samedi matin, alors que Marie, sous la surveillance goguenarde des gendarmes de Locminé, enlevait les toiles d'araignées de son ordinateur, faisait son argenterie, secouait ses tapis, bêchait ses massifs de rosiers, admirait ses camélias, l'ébéniste appela les Vogelweith. Monsieur Wiltz devait passer chercher son miroir pendant le week-end...

Lisa nous téléphona aussitôt. On ameuta Clausen à Luxembourg, on doubla la garde aux alentours de la route de Penboc'h...

Le dimanche matin, les gendarmes de Locminé avertirent Tournebise que Marie n'était plus chez elle. La veille, vers 18 heures, ils l'avaient vue partir en vélo pour le vieux village. Elle avait pris les petits chemins entre les jardins. Ils avaient supposé qu'elle allait chercher sa voiture, qui était chez Cornély, le garagiste. Quand ils étaient arrivés au village, Cornély, qui allait fermer son portail, leur dit qu'il avait garé la voiture de madame Lafitte devant la boulangerie, comme convenu, et laissé la clef de contact au boulanger. Ils avaient vu la voiture dans la rue. La clef était toujours chez le boulanger. Par acquis de conscience, ils étaient retournés dans la soirée chez Marie. Elle était bien chez elle.

Le boulanger, interrogé le dimanche matin, dit que madame Lafitte était passée dans la nuit, au moment où il allumait le four.... Et pourquoi il ne lui aurait pas donné sa clef ?... Une heure bizarre, quatre heures du matin ? Si les feignants veulent avoir leurs petits croissants au réveil... Je ne disais pas ça pour vous spécialement, sergent.… Son vélo ? Elle l'a mis dans le couloir qui mène à la cour…

Quand Tournebise téléphona, la matinée était avancée, mais je dormais comme un bienheureux. Je n'avais pas envie de répondre. Qu'ils aillent tous se faire voir… Je n'avais d'ailleurs pas beaucoup de marge de manœuvre, avec Sarah et Bogart accrochés fermement à moi, chacun d'un côté… Je me dégageai lentement de mes deux glus, finis par trouver l'appareil, sous le drap, contre Bogart. Il siffla de mécontentement. Sarah murmura : “J'ai froid, minou…”. Je la recouvris soigneusement avant de répondre.

— Qu'est-ce que tu fous ? demanda Tournebise. Ça fait trois fois que j'appelle !

— Le téléphone est tombé… dis-je bêtement.

— Secoue-toi ! Madame Lafitte n'est plus chez elle !

— Eh bien ! Elle est partie faire des courses ! Tu sais, dans son coin, il y a beaucoup de grandes surfaces ouvertes le dimanche. Elle a dû aller à Brico-Truc, chercher de la colle, dis-je en ricanant. Elle n'a rien de mieux à faire.

— Tu es un vrai salaud !

Ce con était dans sa voiture, en train de guetter l'arrivée de Marie à l'embranchement de Kerdogan, espérant la choper, avant d'aller au Jardin de la Préfecture jouer au ballon avec Bisou !

Il craignait qu'elle n'aille mettre son nez à l'Hôtel des Remparts !

Il n'avait encore vu personne. Et il ne pouvait pas rester longtemps parce qu'il avait peur que Bisou n'attrape froid.

— Tournebise, tu es débile ! Non, je ne vais pas venir te remplacer ! Sûrement pas ! De toutes façons, ils la foutront dehors, à l'Hôtel des Remparts ! En tout cas, si j'étais à leur place, c'est ce que je ferais ! Et elle a pu passer par St-Avé, connard !... Non, il n'est pas question de poster des guetteurs à toutes les portes de Vannes ! Guillou et ses acolytes sont bien route de Penboc'h ?... Bon ! Alors, va jouer avec Bisou !

Je me recouchai. Sarah et Bogart reprirent tranquillement leur place sur moi.

*

J'avais reçu mission de la suivre partout. Même dans sa maison. Dans sa chambre, dans sa salle de bains... Il ne faut surtout pas qu'elle aille se balader seule, elle pourrait se faire écraser, avaient-ils dit en chœur.

Elle dormait dans un coin du grand lit. Sur le ventre, la tête sous l'oreiller. J'étais tranquille pour un moment. Je m'assoupis dans le fauteuil, la laisse dans ma poche.

Les rayons de lune à travers les persiennes entrouvertes me réveillèrent. Quelqu'un ouvrait la porte. C'était probablement le Dr Hatzfeld. Oui, mais Guillou l'avait à l'œil. Je me rendormis.

Quand il entra dans la chambre, je fus stupéfait de voir qu'il portait des sandales et un kimono. Rouge, avec des dragons brodés d'or. Purée ! Ça le changeait. Je faillis ne pas le reconnaître.

Il me dit :

— Alban, ne sois pas étonné. Il fallait que j'intervienne, avant mon retour. Je n'ai pas eu le temps de me changer.

Il ôta son kimono, le plia soigneusement sur une chaise. Il ne portait rien en dessous.

Le devant de son corps était recouvert, de haut en bas, d'une toison épaisse et sombre. Luisante et ondulée comme une fourrure.

Ça faisait comme un vêtement. Toujours pudique, notre commissaire.

Il s'approcha du lit, souleva le drap.

Elle avait des fesses petites et rondes, avec une ébauche de creux sur les côtés.

— C'est cela, des fossettes, Alban, murmura-t-il. Ça ne m'étonne pas.

Il souleva les cheveux de Marie. De toutes petites mèches presque argentées s'échappaient en frisant de la racine, qui dessinait trois pointes sur la nuque mince.

Je le vis sourire. Il m'avait oublié.

Il entra dans le lit, caressa le dos de Marie, posa son visage dans le creux de sa taille. Puis sa main glissa sur ses fesses.

Sans se retourner, elle dit d'une voix endormie :

— Oh !... Je t'ai attendu, tellement attendu ! J'avais si froid. Est-ce que le cyclotron est tombé en panne ?

— Jean-Edmond ne reviendra plus. Vous le savez très bien, Marie, dit le commissaire froidement.

Elle se mit à sangloter de façon déchirante.

Il se coucha sur le côté, l'attira brusquement à lui, lui plaquant le dos contre sa poitrine.

Il lui caressait les seins.

Des seins ridicules d'enfant de douze ans, qui disparaissaient dans cette grande main brune.

Leurs pointes étaient comme des îlots foncés, peints sur la peau blanche.

Il lui murmurait des mots extraordinairement doux, auxquels je ne comprenais rien.

Elle se calma petit à petit.

Quand il effleura son ventre, elle eut un sursaut.

Mais il insista. Un moment après, elle soupira profondément. Elle renversa un bras en arrière, posa sa main sur la joue barbue…

Elle ne s'échapperait plus maintenant, c'était sûr. Et le Dr Hatzfeld pouvait aller se faire cuire un œuf.

Il fallait que je leur dise, aux autres, que… Je me rendormis.

*

Sarah me réveilla en m'apportant du café.

XV

Tournebise et moi n'avons été témoins que d'une infime partie des événements qui suivent. C'est à Marie que nous fumes obligés d'extorquer, après coup, les détails qui nous manquaient. Pas bavarde, la toupie...

Une fois rentrée chez elle, elle fut envahie par une déprime tenace. Elle avait quitté ses amis pleine de courage, de reconnaissance envers eux, décidée à reprendre sa vie solitaire, contente de retrouver ses voisins, son jardin, pressée de préparer sa rentrée à l'Institut. Elle s'aperçut que la rudesse de Jochen, la tendresse de Lisa, le rire de Tournebise, la compagnie de Le Fichant, et même celle de votre serviteur, lui avaient fait un peu oublier que Jean-Edmond et Murdoch ne seraient plus jamais là pour partager avec elle le bon et le mauvais...

Pour se secouer, en arrivant, elle se força à commencer à nettoyer la maison, à ranger son bureau. Après, elle prépara du café et s'assit à la table de salle à manger pour faire le point.

Ayant longuement ruminé, elle se dit qu'elle n'avait pas progressé d'un pouce. Elle n'était pas plus capable aujourd'hui que trois semaines auparavant de s'imaginer une nouvelle vie. Inutile de tourner en rond là-dessus, Lafitte, se dit-elle. Fais des projets précis. De minuscules nouveautés. Des choses faciles.

Elle sortit son petit bloc à carreaux.

Et si elle se forçait un peu à voir des gens ?

Elle pourrait peut-être inviter le lieutenant Tournebise et sa femme. Avec Bisou… Et le lieutenant Alban. Et Sarah. C'est grâce à eux tous qu'elle avait recommencé à lever le nez de ses petites affaires…

Elle commença à griffonner.

Et puis, tout d'un coup, elle pensa en frissonnant au Dr Hatzfeld. Un bel homme, cultivé, aux manières agréables… Pourquoi l'avait-il glacée jusqu'aux os dès la première rencontre ?

De fil en aiguille, elle remit à plat toute l'enquête. Sur son petit bloc à carreaux.

D'après le Dr Verhaegen, la distribution de drogue avait commencé en France dix-huit mois auparavant. L'achat de la propriété à Arradon et l'installation de NéoFarma ne datait que de trois ou quatre mois. Cela voulait dire que la drogue venait de Luxembourg, au début.

Le Dr Hatzfeld avait donc un laboratoire au Grand Duché depuis longtemps.

Le matin même, quand elle avait téléphoné au lieutenant Tournebise pour l'avertir qu'elle rentrait à Lamothe-Saint-Léonard, il disait encore que l'inspecteur Clausen n'avait rien trouvé à Luxembourg.

Qu'est-ce qu'il lui avait encore dit ?

Ah ! Oui ! Qu'il craignait que le Dr Hatzfeld ne se prépare tout doucement à filer à l'étranger. En tout cas, il essayait de vendre son imprimerie de l'avenue de Hollerich.

Elle tomba dans une rêverie morbide.

Elle se promenait avec Jean-Edmond à Hollerich. Il la tenait par la main. Le soleil d'automne était doux. Ou bien était-ce la chaleur de sa main ? Ils admiraient les hautes maisons anciennes qui bordent l'avenue d'Hespérange. Les façades étaient peintes de couleurs pastel. Une série de jardins, clos par des grilles aux dessins compliqués, laissaient voir les portes d'entrée peintes en laque brillante, des bow-windows ornés de plantes vertes… Elle avait encore dans l'oreille le bruit étrange des milliers de corneilles qui se pourchassaient en sifflant dans les grands arbres.

Elle se reprit. Assez rêvé, Lafitte, c'est mauvais pour toi…

Elle but une gorgée de café.

Est-ce que le Dr Hatzfeld ne voulait pas utiliser l'imprimerie pour en faire une clinique, d'après le notaire ?

Et si c'était comme à NéoFarma ? Il avait peut-être présenté un plan pour une clinique aux services d'architecture de la ville, sachant qu'il n'obtiendrait jamais le permis de construire… En attendant, il pouvait avoir utilisé les lieux comme bon lui semblait…

S'il partait pour l'étranger, il recommencerait, où

qu'il soit... A cause de lui, d'autres inconnus allaient gâcher leur vie, des bébés allaient naître, empoisonnés avant d'avoir pu sourire...

Au fond, l'inspecteur Clausen ne croyait pas vraiment à la culpabilité d'un notable de sa ville. C'est pour ça qu'il ne trouvait rien. Même s'il était de bonne volonté... Boulevard Nominoé, ils y croyaient maintenant, elle en était sûre. Mais ils ne pouvaient pas aller faire irruption sur le territoire de l'inspecteur Clausen. C'était impensable.

Elle-même n'avait rien à perdre.

Mais elle se couvrirait de pipi de chat, peut-être, si elle essayait de trouver seule le laboratoire ?

Ce ne serait pas la première fois, Lafitte...

C'est à ce moment qu'elle décida d'aller à Luxembourg visiter l'imprimerie. Elle n'avait pas l'adresse exacte, mais il ne pouvait pas y avoir plusieurs imprimeries dans la même avenue... Oui, mais zut... C'était loin... Au moins 800 km... Sa voiture avait besoin d'une révision...

Le garagiste, qu'elle appela aussitôt, lui demanda de lui conduire la voiture samedi après-midi. Elle réfléchit longuement.

Elle avait bien vu la voiture des gendarmes, qui tournait dans le rond-point devant sa maison, à intervalles réguliers. Mais elle ne voyait pas pourquoi on l'empêcherait d'aller à Luxembourg... Et d'ailleurs, ce n'était peut-être pas pour elle qu'ils faisaient leurs rondes...

Dans le doute, il valait mieux ne pas prendre

l'avion. C'était facile de pister quelqu'un sur la route de Lann-Bihoué…

Bon ! Eh bien, elle partirait en voiture dans la nuit, après avoir dormi un peu. Elle pourrait être rentrée chez elle largement… dans la nuit de dimanche à lundi. D'une manière ou d'une autre, il fallait qu'elle sème les gendarmes…

Le lendemain, elle apprit par Lisa que le Dr Hatzfeld viendrait peut-être chercher son miroir chez l'ébéniste dans la journée ou dimanche. Tant mieux, se dit-elle. Moins je le vois, mieux je me porte…

Bref, elle se retrouva à Hollerich le dimanche vers midi, ayant garé sa voiture, par prudence, assez loin de son objectif, dans une petite rue perpendiculaire à l'avenue d'Hespérange.

Elle marcha longtemps dans l'avenue de Hollerich, scrutant chaque entrée.

L'imprimerie était au fond d'une cour, ouverte d'un côté sur un vaste chantier de démolition. Elle aperçut une grue et une pelleteuse au milieu des gravats. Il y avait aussi une cabane d'ouvriers. Elle se demanda si le chantier appartenait aussi au Dr Hatzfeld.

Elle tambourina longuement à la porte de l'imprimerie. Le gardien lui ouvrit. Par gestes, elle demanda à visiter. Il secoua la tête. Elle sortit son bloc, écrivit : “Je suis antiquaire. Je viens pour les machines. C'est le notaire qui m'envoie”. Elle tendit la feuille au gardien. Il hésita. Elle sortit alors un billet de sa poche et le lui mit dans la main.

Il la laissa entrer.

Pour lui donner le change, elle s'attarda longuement au rez-de-chaussée devant les antiques machines à composer, les collections de cylindres gravés, les casses contenant encore leurs caractères.

Il finit par se lasser, retourna dans l'entrée lire son journal.

Elle se dirigea alors vers l'escalier. Une partie du premier étage était installée en appartement, moderne et confortable, avec une vaste cuisine, deux chambres, une salle de bains. Comment savoir si le gardien habitait là ? Elle se glissa dans la cuisine, trouva des placards vides, le réfrigérateur débranché... A côté du réfrigérateur, une trace au sol montrait qu'on avait enlevé un meuble.

Le reste de l'étage était presque nu, à part une collection de rouleaux de papier gigantesques.

Elle descendit au rez-de-chaussée. Il n'y avait aucun bruit. Elle s'engagea dans l'escalier de cave. La cave était immense, encombrée de machines d'imprimerie d'un autre âge, avec un sol en terre battue.

Elle examina le sol avec attention, écoutant en même temps si personne ne venait du rez-de-chaussée. Mais elle était assez tranquille. Le gardien lisait son journal et il trouverait normal qu'elle ait envie de visiter la cave...

Elle se faufila dans tous les coins, sous les machines, sous les meubles, glissa ses doigts dans tout ce qui ressemblait à un tiroir, à une anfractuosité, ouvrit les cartons, souleva des piles de chiffons sales. En vain. Le sol n'avait pas été creusé pour cacher un cadavre. Et il n'y avait pas trace de drogue.

Elle finit par s'asseoir dans un vieux fauteuil plein de poussière, alluma une cigarette, réfléchit longuement. L'idée que le laboratoire était hors de la ville, peut-être même en Belgique, ou n'importe où, l'accabla tout d'un coup. Elle s'apprêtait à repartir à regret. Vaincue. Humiliée aussi. Tu te crois toujours la meilleure, pauvre débile…

Son regard tomba sur une grosse armoire en bois, abîmée par l'humidité, adossée au mur de la cave. Elle l'avait oubliée, celle-là… Elle se mit à plat ventre pour voir si le sol avait été remué, dessous.

Des clous…

L'armoire était fermée à clé. Elle remarqua que les panneaux de porte n'étaient pas jointifs. Il y avait un espace assez large à l'endroit d'une des charnières.

Elle détacha une tringle de fer d'une des machines, la glissa dans l'espace… Après quelques minutes d'efforts, le panneau sauta avec un bruit sec.

Les trois planches qui formaient une étagère à l'intérieur étaient, hélas, vides. Elle passa son doigt dessus. Il n'y avait pas de poussière. Etonnant, non ?

Tirant la langue, elle réussit à démonter les planches. C'est seulement après qu'elle vit la porte. L'armoire n'avait pas de fond, côté mur.

— Pour ouvrir cette porte, j'ai refait le coup de l'épingle à cheveux. Comme à NéoFarma, dit-elle à Tournebise. J'ai eu de la chance. Ce n'était pas une serrure spéciale.

La pièce derrière l'armoire, bien éclairée par des tubes de néon, avait un sol carrelé, des murs laqués. Des paillasses étaient installées autour de la pièce, avec des flacons, et ce qu'elle prit pour des alambics. Elle reconnut un autoclave et divers appareils.

Le cœur battant maintenant, elle se força à ouvrir tout ce qui ressemblait à un placard. Elle ne trouva rien.

Il y avait dans un coin un meuble blanc qui ressemblait à un congélateur. Vous savez, Lieutenant, ces coffres énormes, longs et larges... A la campagne, on peut mettre dedans un bon demi-veau... Si, Lieutenant ! Mes cousins de La Crouée ont ça, dans les Ardennes... C'est pour le sanglier.

Il aurait pu tenir exactement dans l'emplacement à côté du réfrigérateur de la cuisine, au premier étage...

Quand elle se décida à soulever le lourd couvercle du coffre, elle savait déjà ce qu'elle allait trouver. Mais elle se força à regarder.

Il était sur le côté, recroquevillé. Un homme frêle, très brun.

— J'ai eu du mal à le retourner, nous dit-elle. Pour voir la boucle d'oreille...

Elle laissa tomber le couvercle et s'enfuit.

Une éternité se passa avant qu'elle ait refermé la porte du laboratoire, fini de remettre l'armoire à peu près dans l'état où elle l'avait trouvée, replacé la tringle sur la machine.

Elle monta ensuite vivement l'escalier, remercia le

gardien et franchit la porte sans demander son reste. Une fois dans la cour, comme il était encore tôt, elle eut l'idée de mettre un peu son nez dans le chantier à côté.

Elle monta sur la pelleteuse. Pour constater que l'engin était antique et rouillé, que des fils pendaient dans la cabine. Elle fouilla la cabine, puis redescendit. Mais comment accéder à la cabine de la grue ? Elle tourna en rond un bon moment. Ah ! Il y avait une échelle de perroquet sur un côté...

Elle nous avoua alors qu'elle avait facilement le vertige. Pour ne pas voir en dessous d'elle, elle grimpa vite, en fermant les yeux. L'accès à la cabine était simple. Il n'y avait pas de porte. Le tableau de bord était un trou noir, le siège et les commandes avaient disparu. Toute la structure en fer était tordue et rouillée. Bref, un semblant de grue...

Au retour, elle eut peur. La grue se balançait dans le vent glacial. A mi-chemin, elle eut le tort de s'arrêter, et resta paralysée par la terreur, accrochée aux barreaux de l'échelle, ne se rappelant pas les mouvements qu'elle avait faits, l'instant d'avant, pour atteindre les barreaux inférieurs. Elle voyait en bas des passants sur l'avenue et se disait qu'elle avait déjà quitté leur monde...

Elle finit par se ressaisir, ayant, comme d'habitude, appelé à la rescousse son soudard de père. Quand elle arriva au sol, elle s'assit dans la boue, les genoux remontés, la tête pendante et resta un moment immobile...

Cette fois-ci, elle était sûre que les engins du chantier n'étaient là que pour donner le change... Il n'y avait jamais eu d'ouvriers, sauf ceux qui avaient disposé la grue, la pelleteuse et la cabane. Un peu comme à Arradon. L'essentiel devait être camouflé par des gravats.

Mais elle devait d'abord vérifier la cabane.

Il y avait un cadenas neuf à la porte. Pendant qu'elle examinait le cadenas, elle aperçut le gardien qui fermait la porte d'entrée de l'imprimerie. Elle attendit derrière la cabane qu'il se soit éloigné dans l'avenue.

Après, elle fit sauter le cadenas sans hésitation. Avec sa fameuse lime à ongles. C'est une Sheffield, qui me vient de ma mère, dit-elle à Tournebise, comme si ça expliquait tout.

C'est ainsi qu'elle découvrit la drogue, dans la cabane. Beaucoup de drogue. Peut-être celle qui aurait dû être écoulée dans les beaux quartiers de Luxembourg...

— Pourquoi n'avez-vous pas immédiatement appelé l'inspecteur Clausen ? Ça aurait été plus rapide ? lui demandai-je sévèrement.

— Mais, je n'ai pas pensé qu'il connaissait mon nom ! Il m'aurait envoyée balader...

Bref, elle appela Tournebise, boulevard Nominoé. On lui dit qu'il était absent. Sorti avec Mélanie et Bisou. Sa voiture ne répondait pas. On allait transmettre le message au lieutenant Alban...

XVI

Heureusement, le nouveau finit par me joindre chez moi vers 17 heures. L'inspecteur Clausen est connu pour ses nombreuses aventures féminines. Le temps que je le déniche chez sa nana du moment, Marie a bien failli y avoir droit, au congélateur, après en avoir vu de vertes et de pas mûres...

Tournebise, que je finis par retrouver chez lui, en train de jouer au par terre avec Bisou, me fit la gueule. Il était vexé de ce que je lui avais dit le matin... Et Mélanie n'avait pas envie que son homme la lâche, une fois de plus, un dimanche...

Il se laissa quand même convaincre qu'il fallait se pointer à Luxembourg en vitesse... Pas question que Clausen laisse échapper le Dr Hatzfeld, cette fois-ci, lui dis-je... Comme nos hommes en poste à Arradon n'ont vu aucun mouvement du côté de chez l'ébéniste, et qu'il est déjà tard, le Dr Hatzfeld n'a peut-être pas quitté Luxembourg.

Nous fonçâmes vers Lann-Bihoué.

— Je me demande bien où est madame Lafitte, maintenant, dit Tournebise dans l'avion. Tu crois qu'elle est rentrée chez elle tranquillement ? Ou bien tu penses qu'elle est en danger ?

Je ne répondis pas. Ce n'était pas une vraie question. Quand nous arrivâmes au commissariat de la Croix de Gaspereich, il était 21 heures. L'inspecteur Clausen, que nous avions réussi à prévenir vers 19 heures de notre arrivée, avait l'air embarrassé.

— Elle est choquée, me dit-il. Mais elle n'a rien de grave, je vous assure. Je l'ai empêchée de partir avant votre arrivée. Lui, on l'a bouclé.

— Qu'est-il arrivé exactement ? dis-je.

Il nous raconta qu'il avait eu du mal à rassembler ses gars pour se rendre à l'imprimerie, après mon coup de fil. Et les deux hommes qui avaient pour mission de filer le Dr Hatzfeld l'avait perdu de vue. Vers 16 heures, le médecin était sorti de chez lui, avait pris un taxi. Ils l'avaient vu descendre de son taxi à la hauteur de la gare et continuer à pied. Et puis il avait disparu. Mais ils avaient vérifié qu'il n'avait pas pris le train...

Lui-même et trois hommes avaient foncé avenue de Hollerich. La porte de l'imprimerie était fermée à clef. Le gardien n'était pas là. Il y avait de la lumière au premier étage. Un des sergents a repéré la voiture du médecin dans l'impasse à côté. Elle n'était pas fermée. Il y avait des sacs de ciment dans le coffre.

— Nous avons arraché le volet d'une des fenêtres du rez-de-chaussée, cassé un carreau pour entrer, poursuivit l'inspecteur. Le Dr Hatzfeld était au premier étage. Il sortait de la salle de bains, à moitié à poil. Il a d'abord essayé de nous bluffer, mais comme nous entendions crier au secours d'une des chambres, on lui a mis les menottes tout de suite, pour être tranquilles.

Il a fallu parlementer avant que Marie Lafitte consente à nous ouvrir la porte de la chambre. Et si vous l'aviez vue, drapée dans son couvre-pieds ! Incapable de prononcer un mot ! Tellement blanche que j'ai cru qu'elle allait tomber dans les pommes ! Elle nous a fait peur.

— Alors, il a réussi, ce porc ? dit Tournebise d'une drôle de voix.

— Non, rassurez-vous ! Nous sommes arrivés juste à temps. Elle a refusé d'aller à l'hôpital. Si vous voulez la voir, elle est là-haut, à l'infirmerie.

Après, Clausen avait réussi à faire venir des renforts. Et des vêtements pour Marie.

— Un des sergents a rapporté de chez lui un ensemble de jogging appartenant à son fils de 12 ans, nous dit-il, toujours aussi embarrassé. C'est tout ce qu'on a pu trouver. Une fois habillée, madame Lafitte a retrouvé sa langue. Elle est descendue avec nous au sous-sol, nous a montré le laboratoire. Et le congélateur... Après, elle est sortie, et nous a conduits à la cabane. Il y avait plus de cinq kilos de cocaïne, soigneusement empaquetés, cachés sous de vieux sacs de plâtre...

L'inspecteur Clausen se mit brusquement à rire.

— Vous savez ce qui avait l'air de la tracasser le plus ? Eh bien, avec tout ça, elle n'avait toujours pas pu se laver !

Quand nous montâmes voir Marie à l'infirmerie, elle était toute propre. Elle buvait du café en compagnie d'un sergent.

— Oh ! Lieutenant ! Oh !... Je suis si contente de vous voir tous les deux ! dit-elle en nous prenant à chacun une main.

— Vous nous avez fait peur ! dit Tournebise rudement. Pourquoi être venue en douce à Luxembourg ?

J'en rajoutai :

— Vous savez ce qu'il va dire, l'adjudant-chef Perrault, Madame Lafitte ?

— Oh ! Mais vous n'allez pas lui raconter ça ! Il serait si vexé !

— Il est furieux contre vous ! Le coup du vélo à la boulangerie, vous trouvez que c'est sympa, peut-être ?

— Mais j'avais une bonne raison, dit cette mijaurée en battant des cils.

Comédienne !

Elle avait déjà fait sa déposition en bonne et due forme. Elle voulait rentrer immédiatement chez elle. Il fallait qu'elle soit à l'Institut dès le matin. Je lui interdis de conduire sa voiture. Tournebise et moi avions décidé de nous relayer au volant. Avant de partir, on l'emmena dîner, vêtue de son jogging et de mon écharpe, le tout recouvert du manteau de Robbie Clausen, le plus petit d'entre nous. Tournebise, pour faire bonne mesure, lui enfonça sa casquette de cycliste sur la tête. A l'envers, naturellement.

Clausen, qui devait avoir l'habitude d'emmener

ses dames dans les endroits en vue, avait réussi, je ne sais comment, à nous retenir une table dans un restaurant huppé du centre de la ville.

On a eu du succès. Quand le maître d'hôtel, qui ressemblait trait pour trait à l'acteur Jacques François, et qui avait sa voix, lui présenta le menu, Marie prit naturellement son air de duchesse. Tournebise pouffait de rire dans les coins.

Pendant le dîner, elle nous raconta ses aventures.

En sortant de la cabine téléphonique sur l'avenue de Hollerich, elle se sentait mi-figue, mi-raisin. C'était encore ce jeune homme agressif qui lui avait répondu, boulevard Nominoé. Celui qui avait essayé deux fois de l'empêcher de déranger le lieutenant Alban. Et s'il ne transmettait pas le message là où il fallait ?

La mort dans l'âme, elle décida de se rendre au commissariat de la Croix de Gaspereich. J'ai hésité, me dit-elle. Vous comprenez, Lieutenant, j'étais… sale comme un cochon. Couverte de terre battue, de poussière, les mains noires de cambouis, à cause de la barre de fer…

*

La veille, le Dr Hatzfeld, qui avait réfléchi, renonça brusquement à son projet de voyage à Arradon. Son miroir, il demanderait qu'on le lui envoie à Luxembourg… C'était plus prudent.

Il aurait pourtant aimé parler à Marie, la persuader que son histoire de séquestration n'était qu'un malentendu. Les femmes sont si crédules…

Oui, mais elle n'était pas comme les autres... Sa lucidité, sa combativité lui plaisaient énormément. Comme sa peau blanche le rendait fou...

Il saurait vite ce qui lui faisait plaisir... Il lui ferait perdre la tête... N'était-il pas un expert ?

A Auray, de toutes façons, Jochen et Lisa lui auraient peut-être fermé la porte au nez... Il devrait trouver rapidement un moyen d'attirer Marie à Luxembourg...

Ils partiraient ensemble. Autant que lui, elle aimait l'architecture, les objets d'art. Mais elle avait sûrement un salaire minable à l'ANR... Il lui ferait une nouvelle vie...

Un de ses riches clients était sérieusement intéressé par l'imprimerie.

Il fallait songer à murer la porte du labo désaffecté avant de l'emmener visiter les lieux. Il ferait ça lui-même, puisque Da Silva et Vanhorenbeeck étaient bouclés pour quelque temps encore...

La drogue dans le chantier, il la mettrait au coffre, à la banque.

Mais il fallait attendre le dimanche soir, après le départ du gardien. Il était sourd, ce qui avait été bien commode, mais pas aveugle...

Quand il arriva avenue de Hollerich, sa voiture chargée de sacs de sable et de ciment, le Dr Hatzfeld vit Marie sortir d'une cabine téléphonique.

Il crut qu'il rêvait. Il ralentit, vérifia qu'elle était seule. Elle marchait vite, complètement absorbée dans ses pensées.

Il gara la voiture, s'avança vers elle... Il remarqua tout de suite qu'elle était couverte de boue et de cambouis. “Marie, mon bijou précieux”, dit-il, “que vous est-il arrivé ?”

*

— Le bijou précieux avait peur, nous avoua Marie d'un air honteux.

— C'est normal, dis-je d'un ton péremptoire. Qu'est-ce qu'il a fait après ?

— Il m'a entraînée dans la voiture malgré mes protestations, s'est dirigé vers l'imprimerie, m'a dévoilé toutes ses intentions pendant le trajet. Je préfère ne pas parler de ses propositions répugnantes... Et il voulait m'emmener à l'étranger dès que ses affaires seraient réglées...

Elle eut du mal à nous raconter la suite.

— Madame Lafitte, dit ce gamin de Tournebise, vous pouvez tout nous raconter. Absolument tout. Nous en avons vu d'autres. Le commissaire Cazaubon et nous, c'est pareil. Vous auriez eu confiance en lui, n'est-ce pas ?

Elle sourit enfin.

— C'est vrai, dit-elle.

Quand ils arrivèrent à l'imprimerie, elle bondit hors de la voiture, commença à courir aveuglément dans une petite rue. C'était une impasse...

Il la saisit dans ses bras, ouvrit la porte de l'imprimerie, la jeta à l'intérieur, referma la porte.

Après, il la porta au premier étage, la posa sur un lit dans une des chambres...

— Il me disait froidement, en me tenant d'une main : "Marie, je veux voir votre peau blanche. Je ne suis pas un homme brutal. N'ayez pas peur de moi…" D'une seule main, il a déchiré lentement tous mes vêtements, Lieutenant. Il m'a tout enlevé.

Des larmes coulaient maintenant sur les joues de Marie. Mais elle continua :

— Après, il m'a tenue à bout de bras et m'a regardée sans parler pendant un bon moment… Et il a commencé à se déshabiller… Je lui ai dit que je ne… ferais rien avec lui sans m'être lavée des pieds à la tête. Il m'a alors lâchée pour aller faire couler un bain. J'ai eu une seconde pour fermer la porte de la chambre à clef. A ce moment, j'ai entendu un fracas de vitre, en bas…

ÉPILOGUE

Le Dr Hatzfeld n'avoua rien. Mais les preuves contre lui s'étaient accumulées. On put démontrer, en particulier, qu'il avait assassiné lui-même Joannes Wiltz. Ses empreintes digitales furent relevées sur le congélateur, comme, d'ailleurs, sur plusieurs sachets de cocaïne retrouvés dans la cabane du chantier à côté de l'imprimerie. Les relevés de banque de Joannes Wiltz montraient que le mort avait touché une somme considérable du médecin, dont la plus grosse partie avait payé la propriété d'Arradon.

Joannes Wiltz avait fait des voyages réguliers en Amérique du Sud. C'était probablement lui le fournisseur de drogue brute, depuis le début.

Il avait été tué parce qu'il en savait trop pour la sécurité de l'entreprise, ou bien parce qu'il avait fini par faire chanter le Dr Hatzfeld.

Quand on énuméra à Alonso les charges qui pesaient contre celui qu'il appelait Wiltz, il changea d'attitude. Le fier-à-bras, le macho, qui savait faire marcher droit un troupeau d'oies blanches, se dégonfla comme un ballon. Espérant un allégement de peine, il finit par donner celui qui était son maître absolu, depuis qu'il l'avait, comme par magie, guéri d'une sciatique paralysante.

Il raconta comment le Dr Hatzfeld l'employait depuis trois ans pour recruter des femmes de ménage et les former à la distribution de drogue. Il n'avait eu aucun pépin avec les jeunes filles qu'il avait recrutées lui-même. Tout avait tellement bien marché, à Luxembourg, qu'il s'était laissé aller, à Arradon.

Eléna Coelho avait été recrutée par Da Silva... Elle était intelligente, celle-là. Il lui avait confié l'emballage des sachets dans les boîtes NéoFarma. Mais c'était une forte tête. Depuis au moins un mois, en douce, elle ne distribuait plus les sachets. Da Silva avait réussi à le lui faire avouer. Elle avait monté la tête à sa copine Linda Rodrigues pour qu'elle reprenne sa liberté. Et elle avait volé quatre kilos de drogue !

C'étaient Da Silva et Vanhorenbeeck qui avaient tué les deux jeunes filles. Le Dr Hatzfeld leur avait montré comment se servir de catgut. Et quand le médecin avait appris, par le Dr Verhaegen, que la police se doutait que le cadavre du Jardin de la Préfecture était celui de Linda, il leur avait ordonné de tuer une troisième jeune fille... Pour brouiller la piste.

Si seulement il n'y avait pas eu l'ami d'Eléna, qui avait pris le sac de drogue... Un clochard, je vous demande un peu ! Et cette petite putain effrontée aux cheveux longs, qui a eu le culot de venir semer le bordel à NéoFarma... Une amie du Dr Vogelweith ! Mon œil ! C'est elle qui a pris le sac, Lieutenant, c'est elle qui doit payer !

Quand on l'interrogea sur le circuit de drogue à Luxembourg, il nous dit que c'était le Dr Hatzfeld lui-même qui lui désignait les médecins chez qui faire déposer la drogue. C'est lui qui connaissait les drogués, aussi, qui les avertissait et les faisait payer. C'étaient en général des malades à lui, et des relations de ses malades. Il faut dire qu'il avait le chic pour repérer les drogués, même à vue de nez. Et comme il allait à toutes sortes de congrès…

Alonso lui-même n'en savait pas plus. Mais le docteur, ça c'était quelqu'un. Tout le monde payait rubis sur l'ongle. Et il avait des relations dans le monde entier, il voyageait partout…

On secoua rudement Alonso pour qu'il nous révèle les noms des médecins impliqués à Luxembourg. Robbie Clausen, quand il vit la liste, fut effondré. Une bonne partie du gratin médical défila au commissariat de la Croix de Gaspereich.

D'après ces médecins, le Dr Hatzfeld, qui s'était souvent rendu à des colloques en Bretagne, avait eu le coup de foudre pour la région d'Auray. L'Association de Médecine Manuelle France-Bénélux y avait d'ailleurs bien des adeptes. Il avait mis longtemps à trouver une maison qui lui convienne. Il avait transféré le laboratoire à Arradon par prudence, et aussi parce que sa clientèle de Luxembourg était trop limitée pour ses ambitions. Mais il continuait à y approvisionner quelques privilégiés.

Pour anticiper un peu sur le procès, qui n'eut lieu que des mois plus tard, je peux vous révéler que le

Dr Hatzfeld écopa d'une peine de prison de trente ans. Une peine incompressible... Il essaya d'abord de recommencer un trafic de drogue à l'intérieur de la prison. Mais on l'avait à l'œil. Il se refit alors une place importante dans la société enfermée, en guérissant d'abord les maux des gardiens, ensuite ceux de ses compagnons d'infortune. Sa punition fut de devenir utile à ses semblables d'une manière qu'il n'avait pas entièrement prévue.

Pierre Lombard ne fut pas inquiété. Il avait été solennellement invité à dîner par les Vogelweith. Comme il était décidé à reprendre son vrai métier, Jochen le fit engager comme généraliste dans une clinique de Rennes.

Marie avait repris ses activités à l'ANR comme si de rien n'était.

Mais elle n'avait pas oublié de nous inviter, comme prévu, à venir passer un dimanche dans sa maison de Lamothe-Saint-Léonard.

Sarah, Mélanie et Bisou nous avaient accompagnés. Bisou, qui n'est pas un tendre, ne quitta pas les jupes de Marie de la journée. Comme ensorcelé, il mangea tout ce qu'elle lui mettait sur son assiette. En attendant la promenade dans le bois, il joua tranquillement avec sa collection de boîtes, de boutons, avec ses colliers, ses chaussures.

La maison de Marie n'est pas ancienne, mais Sarah lui trouva du charme.

— Les portes et les fenêtres, le bow-window, laqués en blanc brillant, contrastent agréablement avec l'austérité des murs en granit, me dit-elle pendant le trajet de retour. Et j'aime ces intérieurs un peu nus. Quelques vieux meubles, un beau tapis usé, des dessins anciens aux murs. Les couleurs sont douces. Tu crois que les meubles lui viennent de ses parents ?

— Sûrement, dit Tournebise, qui avait entendu. C'est pas avec son salaire et même celui de son mari qu'elle a pu... De toutes façons, ils ne sont pas en très bon état.

— Le Pentium, dans son bureau, c'est pas de la merde, dis-je. Tu sais qu'elle a le tout dernier microprocesseur ? L'ensemble vaut exactement 62 450 F !

— Fichtre ! Comment le sais-tu ?

— J'ai jeté un coup d'œil à la documentation sur son bureau. Elle vient sûrement d'acheter la bécane.

Début janvier, Le Fichant, Tournebise et moi étions débordés. Nous voulions que le commissaire trouve la maison en ordre à son retour. Mais allez donc ranger, dans un commissariat !

Le réseau d'ateliers clandestins avait été démantelé. Le chef était en prison pour un bout de temps. Suzanne, notre jeune auxiliaire, souris débrouillarde s'il en fut, avait trouvé aux familles des logements à peu près décents en proche banlieue. Les chefs de famille étaient maintenant employés comme jardiniers à la Préfecture. Enfin, jardiniers... Ils ramassaient les feuilles, nettoyaient les caniveaux. Ils avaient une chance d'avoir un jour une carte de séjour en règle.

Il y avait bien quelques bricoles en cours. Un faux

suicidé, un corbeau, un ripoux, un satyre, un gang de bébés, des cambriolages en cascade... Nous n'avions pas besoin de Marie, ni de Happy, pour déterrer des merdes, comme disait Kertanguy.

Et puis il y avait l'histoire du miroir de Gallé...

Nous étions allés voir l'ébéniste d'Arradon. Il ne l'avait plus. Le lendemain même de l'arrestation du Dr Hatzfeld, il avait reçu un coup de téléphone de madame Wiltz, qui avait demandé si la réparation lui avait été payée. Il avait répondu que oui, qu'il tenait le miroir à la disposition de monsieur Wiltz, qu'il avait attendu sa visite pendant le week-end. La dame l'a alors prié de bien vouloir expédier le miroir par la poste, à une adresse qu'elle avait indiquée.

Le vieux monsieur se rappelait seulement que c'était aux environs de Vannes. Si, il avait un accusé de réception.

Après d'interminables recherches dans son fouillis, il trouva l'accusé de réception. Il était illisible.

Tournebise était d'avis de laisser tomber. On n'en a rien à cirer, du miroir, Alban, me dit-il. Même si le vieux l'a gardé pour lui... Qu'est-ce que ça peut nous foutre ? On n'a pas le temps de mégoter. S'il faut encore courir après cette nana... Robbie Clausen n'a qu'à se démerder.

Les bras m'en tombèrent.

Quelque temps après, comme de coutume, Sarah me fila le dernier catalogue de la salle des ventes de Vannes. Elle adore les ventes, elle m'y traîne parfois.

Elle me dit qu'il n'y avait, cette fois, pas grand-chose d'intéressant, sauf peut-être une litho de Robert Lotiron. Je laissai le catalogue de côté pendant plusieurs jours. Quand je me décidai à le feuilleter, je fis un bond sur place. On avait proposé à la vente un miroir de Gallé ! Je me renseignai vite fait sur le nom du vendeur. C'était madame Wiltz.

L'adresse portée sur les registres de la salle des ventes était fausse. Le numéro de la rue, à Vannes, n'existe pas.

Le miroir avait été vendu 150 000 F, purée de moine. D'après Robbie Clausen, Joannes Wiltz n'a jamais été marié. Le Dr Hatzfeld non plus.

Quand j'en parlai à Tournebise, il haussa les épaules. Je laissai tomber.

Mais notre gros souci concernait encore un Pentium, celui du commissaire, que Guillou avait planté. Je vous demande un peu ce qu'il allait trafiquer dessus ! La réparation devait prendre cinq semaines, chez le constructeur. Ce ne serait jamais prêt pour le retour du commissaire.

Guillou, pour se racheter, entre deux planques, repeignait les murs du bureau. En rose confusion. Mais Tournebise trouvait inadmissible que le commissaire ne retrouve pas son ordinateur en état de marche. Il eut l'idée de demander à Marie si quelqu'un de son équipe ne pouvait pas venir, en voisin, jeter un coup d'œil à la bête malade.

Un beau matin, la veille du retour du commissaire, elle se pointa boulevard Nominoé, accompagnée de Martin, un électronicien, qui avait été mêlé à une vilaine affaire et s'en était tiré de justesse. Un primate, ce type. Sale comme un peigne. Mais, me dit naturellement Tournebise, elle sait ce qu'elle fait.

Ils passèrent la matinée dans le bureau. A midi, Marie nous dit que Martin avait dû changer une carte et deux câbles, mais que la panne était réparée. Elle reviendrait elle-même dans la soirée réinstaller tous les logiciels.

Vers 18 heures, elle était en plein travail, au milieu de piles de disquettes, et Guillou remettait en place les étagères, quand le commissaire m'appela. Il était rentré plus tôt, averti par son gendre de la naissance prématurée de son petit-fils... Il voulait me voir... Il téléphonait de la clinique. Rosine allait bien, mais le bébé était en couveuse... Oui, dans une heure et demie, boulevard Nominoé...

Il n'avait pas une bonne voix, notre commissaire.

J'hésitai un long moment, puis j'ameutai mes troupes dispersées, appelai le Dr Armagnac, convoquai Suzanne, qui s'était chargée du pot gigantesque que nous avions prévu pour le lendemain.

Tout le monde se mit au travail. Il y eut bientôt un défilé entre le rez-de-chaussée et le bureau du commissaire. Suzanne avait, heureusement, déjà mis le champagne au frais. Le Fichant partit comme une flèche avec elle chercher des petits fours, du vin rouge, du saucisson, du pain de campagne... On n'a pas voulu déranger Guillou, il aurait été capable de monter les étagères de travers. Marie leva une seule fois la tête d'un air absent, quand on commença à apporter une table, des verres, des assiettes. Celle-là, quand elle s'absorbait dans ses petites affaires, la foudre aurait pu tomber à côté, elle ne s'en serait pas aperçu… Dans le fond, elle est comme Guillou : une seule chose à la fois, sinon ça dérape… Je comptais là-dessus, d'ailleurs, pour qu'elle ait fini son installation avant l'arrivée du commissaire. Tout en coupant le pain de campagne, je la regardais du coin de l'œil.

Après avoir compté et rangé minutieusement dans leurs boîtes toutes les disquettes et autres CD-Rom, elle se mit à tester lentement chaque logiciel installé, l'un après l'autre. Interminable… De temps en temps, je la voyais froncer les sourcils. Ses lèvres remuaient… Peut-être un gros mot… Pour les gros mots, elle n'était pas à court, Tournebise avait confirmé mes soupçons sur ce point… Lui, ça l'amusait prodigieusement… Elle consultait ensuite un manuel dans la pile qu'elle avait à côté d'elle, revenait à la souris, au clavier. Après chaque test, elle notait quelque chose sur une liste à côté d'elle.

Suzanne entra en coup de vent. Elle avait l'air contrarié.

— Qu'est-ce qu'il va encore me rapporter, celui-là, soupira-t-elle.

Elle posa des cartons sur la table et repartit aussi vite. Marie chantonna :

« Il me rapportera
une bille de verre
et un ver à soie… »

Tiens, elle chante faux, la duchesse... Peu importe. De toutes façons, j'avais dû me tromper depuis le début. Notre divisionnaire, un grand diable d'homme barbu, au poil noir, et cette minuscule...

Bordel ! En m'attaquant au saucisson, je m'étais coupé le doigt.

Au bout d'un moment, elle me dit :

— Voilà, c'est fait ! Tout marche. Je laisse la liste des tests. Si vous avez encore un message d'erreur au moment où vous cliquez sur VIGITRUAN, il faudra appeler Martin, il s'y connaît mieux que moi.

Après avoir consulté Guillou, qui finissait de remettre en place les gros annuaires du commissaire, elle rangea tous les manuels informatiques sur une des étagères. Par ordre alphabétique. A côté des boîtes de disquettes.

Je la remerciai, la priai maladroitement de rester pour notre pot.

— Le commissaire va arriver dans une demi-heure, Madame Lafitte. Il sera content de vous voir.

— Lieutenant, il faut que je rentre. Je suis déjà en retard.

Elle dit au revoir à Guillou, à Le Fichant, à Suzanne, à moi, et s'en alla comme si elle avait le feu quelque part.

Vous le croirez si vous voulez, je fumais des naseaux. Mes rapports étaient prêts, mes collègues avaient presque tous pu se libérer, malgré l'heure tardive. Le bureau était superbe, le Pentium marchait, le champagne était frais. Mais la poupée disait non...

C'était compter sans Tournebise.

L'archevêque de Reims revenait hier fort vite de Saint-Germain, comme un tourbillon...

Il rentrait de l'hôpital, sirène hurlante, et enfila le boulevard de la Paix à toute berzingue. Il tomba sur un embouteillage monstre. Il eut largement le temps d'apercevoir Marie, qui trottinait en sens inverse, vers son Institut. Il ne fit ni une ni deux, braqua le volant. Sa voiture monta sur le trottoir, juste devant elle. La sirène couinait toujours. Il surgit comme un diable d'une boîte.

L'effet de surprise, encore une fois... Au milieu d'un attroupement, il l'embarqua *manu militari* pour le boulevard Nominoé.

Quand elle entra dans le bureau, poussée au cul par Tournebise, nous étions tous là. Elle avait les joues roses. Une mèche frisée dépassait de son bonnet blanc.

Le Fichant lui sourit par-dessus les têtes.

Il s'occupe avec enthousiasme de l'œuvre des orphelins de la police. Tout excité, il racontait au commissaire, et à qui voulait l'entendre, qu'il venait de recevoir pour son œuvre une somme fabuleuse.

— Combien exactement ? demanda Tournebise.

— 87 550 francs. C'est pas génial ?

L'argent, en espèces, était arrivé dans plusieurs enveloppes. Le donateur était anonyme, l'adresse écrite en capitales maladroites. On avait trouvé les enveloppes dans la grosse boîte aux lettres à côté de l'entrée du commissariat.

Le commissaire ne vit pas entrer Marie tout de suite. Quand il l'aperçut, il posa sa coupe de champagne, et marcha tranquillement vers l'entrée du bureau.

— Ne voulez-vous pas enlever votre bonnet, votre manteau ? Il fait si chaud, ici, dit-il en penchant vers elle sa haute taille.

Je n'entendis pas la réponse. Il lui retira son manteau. Quand elle ôta son bonnet, ses cheveux tombèrent en cascades exubérantes sur sa robe blanche.

Je me tournai vers Tournebise. Il avait encore son air sournois.

— Elle ressemble à un ange, tu ne trouves pas ? me dit-il à l'oreille.

FIN

125, Vieille Route de Rosporden - 29000 Quimper
E-mail : editions.alain.bargain@wanadoo.fr
Site internet : perso.wanadoo.fr/editions.bargain

ÉDITEURS DE BRETAGNE

Dépôt légal n°2 - 2e trimestre 1999
4e tirage : n°3 - 2e trimestre 2004
ISBN 2-910373-62-2 — ISSN 1281-7813
Imprimé en France